Victoria e o Patife

Obras da autora publicadas pela Galera Record:

Avalon High
Avalon High — A coroação:
a profecia de Merlin
Cabeça de vento
Sendo Nikki
Na passarela
Como ser popular
Ela foi até o fim
A garota americana
Quase pronta
O garoto da casa ao lado
Garoto encontra garota
A noiva é tamanho 42
Todo garoto tem
Ídolo teen
Pegando fogo!
A rainha da fofoca
A rainha da fofoca em Nova
York
A rainha da fofoca: fisgada
Sorte ou azar?
Tamanho 42 não é gorda
Tamanho 44 também não é
gorda
Tamanho não importa
Tamanho 42 e pronta para arrasar
Liberte meu coração
Insaciável
Mordida

Série O Diário da Princesa
O diário da princesa
Princesa sob os refletores
Princesa apaixonada
Princesa à espera
Princesa de rosa-shocking
Princesa em treinamento
Princesa na balada
Princesa no limite
Princesa Mia

Princesa para sempre
O casamento da princesa

Lições de princesa
O presente da princesa

Série A Mediadora
A terra das sombras
O arcano nove
Reunião
A hora mais sombria
Assombrado
Crepúsculo
Lembrança

Série As leis de Allie Finkle
para meninas
Dia da mudança
A garota nova
Melhores amigas para sempre?
Medo de palco
Garotas, glitter e a grande fraude
De volta ao presente

Série Desaparecidos
Quando cai o raio
Codinome Cassandra
Esconderijo perfeito
Santuário

Série Abandono
Abandono
Inferno
Despertar

Série Diário de uma princesa
improvável
Diário de uma princesa
improvável

MEG CABOT

Victoria e o Patife

Tradução de
MARCELA FILIZOLA

1ª edição

— **Galera** —

RIO DE JANEIRO

2017

CIP-BRASIL. CATALOGAÇÃO NA PUBLICAÇÃO
SINDICATO NACIONAL DOS EDITORES DE LIVROS, RJ

Cabot, Meg, 1967-
C116v   Victoria e o patife / Meg Cabot; tradução Marcela Filizola. –
1ª ed. – Rio de Janeiro: Galera Record, 2017.

Tradução de: Victoria and the rogue
ISBN 978-85-01-40174-8

1. Ficção juvenil americana. I. Filizola, Marcela. II. Título.

16-37852

CDD: 028.5
CDU: 087.5

Título original:
Victoria and the rogue

Copyright © 2003 by Meggin Cabot

Publicado mediante acordo com *HarperCollin Children's Books*, um selo da HarperCollins Publishers.

Todos os direitos reservados.
Proibida a reprodução, no todo ou em parte, através de quaisquer meios.

Texto revisado segundo o novo Acordo Ortográfico da Língua Portuguesa.

Direitos exclusivos de publicação em língua portuguesa somente para o Brasil adquiridos pela
EDITORA RECORD LTDA.
Rua Argentina, 171 – Rio de Janeiro, RJ – 20921-380 – Tel.: (21) 2585-2000, que se reserva a propriedade literária desta tradução.

Impresso no Brasil

ISBN 978-85-01-40174-8

Seja um leitor preferencial Record.
Cadastre-se em www.record.com.br e receba
informações sobre nossos
lançamentos e nossas promoções.

Atendimento e venda direta ao leitor:
mdireto@record.com.br ou (21) 2585-2002.

EDITORA AFILIADA

Para Benjamin.

Muito obrigada a
Beth Ader, Jennifer Brown,
Michele Jaffe, Laura Langlie
e Abby McAden.

Capítulo 1

Oceano Atlântico, Gibraltar, 1810

— Lady Victoria?

Victoria virou o rosto ao som de seu nome, chamado do outro lado do convés por uma voz muito suave. A lua estava cheia. Sob a luz prateada, ela podia discernir claramente quem falava... mas duvidava de que ele, por sua vez, conseguisse perceber o rubor que cobria seu rosto ao vê-lo.

Contudo, teria como não se ruborizar? A visão do lorde louro e alto quase sempre a deixava com as bochechas coradas — sem falar da curiosa palpitação que sentia no pulso. Ele era muito bonito. Que mulher *não* ficaria ruborizada ao ser notada por um homem tão charmoso?

E naquela noite Lorde Malfrey não ficou apenas olhando de longe. Na verdade, o rapaz atravessou o convés e parou ao lado dela próximo ao corrimão do navio. Ela estava apoiada ali havia meia hora, observando a faixa de luz hipnótica lançada pela lua sobre a água e ouvindo a batida suave das ondas nas laterais do *Harmonia,* o navio que os trazia da Índia.

— Boa noite, milorde — murmurou Victoria timidamente quando o conde se aproximou.

— Está tudo bem, Lady Victoria? — perguntou Lorde Malfrey, com uma leve ansiedade no tom de voz grave. — Perdoe-me por perguntar, mas praticamente não tocou em seu jantar. E depois deixou a mesa antes de a sobremesa ser servida.

A jovem ponderou que não seria nada romântico informar a ele, ali sob aquele exuberante luar prateado, que havia deixado a mesa porque achara ser seu dever ir até a cozinha para reclamar com o cozinheiro sobre o ponto terrivelmente malpassado da carne.

Obviamente não cabia a ela fazer aquilo. A Sra. White, esposa do capitão, era quem deveria ter repreendido o cozinheiro do navio.

Mas Victoria achava que a Sra. White sequer saberia distinguir um molho *roux* de um *béarnaise,* e muito provavelmente *preferia* a carne malpassada. Victoria nunca fora capaz de respeitar uma culinária desleixada. E era tão simples fazer um assado decente!

No entanto, aquilo não era exatamente o tipo de coisa que se comentava diante de um jovem como Lorde Malfrey. Não com uma noite daquelas acima deles. Além disso, simplesmente não se deveria mencionar carne malpassada na frente de um conde.

Então, em vez disso, Victoria esticou a mão eloquentemente em direção à lua e disse:

— Ah, eu só queria um pouco de ar fresco e me deparei com esta imagem. Está tão encantador aqui, como eu poderia voltar lá para baixo e perder um cenário tão deslumbrante?

Aquilo era um discurso um pouco exagerado, concluiu ela consigo mesma. A jovem sabia que havia pessoas na embarcação que teriam ânsias de vômito se por acaso a ouvissem.

Felizmente, Hugo Rothschild, o nono Conde de Malfrey, não era uma dessas pessoas. Seus olhos azuis seguiram a curva graciosa do braço da jovem, e ele comentou com respeito:

— De fato. Jamais vi uma lua tão bonita. Mas — e então seu olhar retornou para Victoria — não é a única visão deslumbrante que pode ser observada aqui no convés.

Ela sabia que estava muito ruborizada naquele momento — ainda que fosse por prazer, e não por vergonha. Afinal, o conde flertava com ela! Que delícia. Sua dama de companhia em Jaipur havia avisado que homens tentariam flertar com ela, mas a jovem não esperara que alguém tão charmoso como Lorde Malfrey a cortejasse. Pelo visto, a noite, que parecera sombria por conta do terrível assado, começava a melhorar.

— Ah, Lorde Malfrey — respondeu Victoria, abaixando os cílios que pareciam cobertos de fuligem, embora não estivessem *de fato* sujos, é claro, pois ela tomava banhos meticulosamente. Mas eram mesmo negros como fuligem, ou pelo menos era o que pensava sua dama de companhia.

— Não faço ideia do que quer dizer com isso.

— Não faz? — O rapaz estendeu o braço e de repente pegou na mão que ela deixara de propósito sobre o corrimão, tentadoramente próxima à mão dele. — Victoria... Posso chamá-la de Victoria?

O conde poderia tê-la chamado de Bertha, e a jovem não teria se importado nem um pouco. Não conforme ele lhe segurava a mão tão firmemente contra o peito, como se fosse a coisa mais preciosa do mundo. Victoria podia sentir o coração, forte e intenso, batendo sob seu colete de cetim cor de creme. *Minha nossa*, pensou ela um pouco surpresa. *Acho que ele está prestes a pedir minha mão!*

E assim ele fez logo em seguida.

— Victoria — recomeçou Lorde Malfrey, enquanto o luar lhe acentuava os traços simétricos do rosto. Era um homem tão bonito, com aquele maxilar quadrado e os ombros largos. Com certa satisfação, a jovem decidiu que o conde realmente daria um marido bastante atraente. — Sei que não nos conhecemos há muito tempo, faz apenas uns três meses, mas essas últimas semanas... bem, têm sido as semanas mais felizes de minha vida. Fico com o coração partido por ter que deixar que siga sozinha para a Inglaterra amanhã, pois tenho negócios a tratar em Lisboa...

Porcaria de Lisboa! Como Victoria odiava o nome dessa cidade desagradável que roubaria aquele homem extremamente charmoso! Era uma cidade sortuda, afinal iria poder aproveitar o encantador Lorde Malfrey.

— Ah, bem — respondeu ela, tentando parecer alegre e despreocupada. — Quem sabe não nos vemos de novo em Londres algum dia...

— Não "algum dia" — interrompeu o conde, alisando, com as duas mãos, a palma da jovem sobre o coração. — Nunca diga "algum dia" ao se referir a nós dois! Pois nunca conheci uma moça como você, Victoria, tão linda... tão inteligente... tão competente com os serviçais. Não consigo imaginar o que uma criatura perfeita assim poderia possivelmente ver em um inútil lamentável como eu, mas prometo que, se esperar por mim enquanto eu estiver em Lisboa e então conceder-me sua mão em casamento após meu retorno, vou amá-la até o dia de minha morte e não farei outra coisa além de tentar ser digno de você!

Ótimo, pensou Victoria, bem contente com o rumo dos acontecimentos. *Que maravilha! Uma jovem sai para repreender o cozinheiro por não assar direito a carne e retorna à mesa noiva!* Seu tio John ficaria bastante irritado quando soubesse daquilo, pois havia apostado que a sobrinha não seria pedida em casamento antes de um ano na Inglaterra. E lá estava ela, recebendo um pedido antes mesmo de aportar. John não ficaria nada feliz por dever cinco libras aos seus outros tios, Henry e Jasper.

De fato, seria uma lição e tanto para os três! Imagine a mandarem para a Inglaterra sem a menor cerimônia, simplesmente porque ela havia sugerido — apenas sugerido, veja bem — que um deles se casasse com sua querida amiga, a Srta... Qual era mesmo o nome dela? Bem, era absolutamente ridículo que nenhum deles tivesse concordado em se casar com a coitada da Srta. Seja Lá Qual For O Nome Dela quando Victoria planejara uma festa de casamento tão linda. Agora iria planejar o próprio casamento! Talvez, ao verem sua felicidade conjugal, os tios reconsiderassem a Srta. Seja Lá Qual For O Nome Dela...

— Ah, querido! — exclamou Victoria num tom de angústia intensa, e completamente fingida, enquanto piscava os cílios negros, como a dama de companhia recomendara. — É tudo tão repentino, Lorde Malfrey.

— Por favor — insistiu ele, segurando sua mão de modo ainda mais apertado, se é que isso era possível. — Me chame de Hugo.

— Muito bem... Hugo — respondeu a jovem, com sua voz mais feminina. — Eu...

A dama de companhia explicara que era sempre uma boa ideia para a jovem deixar os rapazes num certo suspense com relação aos seus verdadeiros sentimentos. Portanto, Victoria ia dizer a Lorde Malfrey que seu entusiasmo a pegara totalmente desprevenida e que, como tinha apenas 16 anos e dificilmente estava pronta para o matrimônio, ela teria que recusar aquela proposta gentil... por enquanto. Com sorte, aquela resposta provocaria uma reação dramática no coitado e o levaria a fazer algo precipitado, tipo se lançar ao mar, o que seria realmente muito emocionante. E, caso sobrevivesse ao mergulho, seguramente faria vários novos pedidos de casamento após o retorno de Portugal. Assim a jovem teria algo pelo qual esperar enquanto estivesse hospedada com os tios Gardiner; um casal terrível.

No entanto, toda a **ex**pectativa de que aquela cena sentimental tivesse um desfecho dramático — e bem molhado, como desejava — se desfez quando, exatamente no momento em que recusaria a proposta de Lorde Malfrey, uma voz grave e muito familiar, vinda do outro lado do convés, chegou aos ouvidos de Victoria, o tom cheio do sarcasmo de sempre.

— Aí estão vocês dois — declarou Jacob Carstairs lentamente, conforme saía das sombras perto do cordame e se aproximava da área iluminada pela luz prateada da lua. — O capitão estava se perguntando... Opa, não estou *interrompendo* nada, estou?

Victoria retirou a mão que o conde segurava.

— Claro que não — retrucou ela rapidamente.

Mas que chatice! Como era cansativo esse Jacob Carstairs! Desde que embarcara no *Harmonia* seis semanas atrás no Cabo da Boa Esperança, sempre aparecia nos momentos mais inoportunos, por exemplo a toda hora que ela e o conde encontravam um raro instante a sós.

E não era como se o Capitão Carstairs — pois, apesar de jovem, o cavalheiro que adorava interferir era um oficial da Marinha — fosse uma companhia superagradável. Afinal, usava o colarinho escandalosamente baixo em vez de na altura da boca, como Lorde Malfrey e todos os rapazes mais estilosos faziam. E também fora extremamente desrespeitoso com Victoria ao ouvi-la aconselhar o Capitão White de que sua tripulação ficaria menos descontente se ao menos tomasse conhecimento de reflexões mais elevadas. Inclusive ela mesma havia se voluntariado para ler o livro *Uma reivindicação pelos direitos da mulher*, de Mary Wollstonecraft, sempre ao meio-dia, e ficara bastante irritada quando o capitão educadamente recusou a oferta gentil.

O Sr. Carstairs, no entanto, não fora nada educado com relação àquilo. Passara a chamá-la de Srta. Abelhuda — pois a achava intrometida — e tivera a coragem de dizer que não era surpresa alguma que ela tivesse sido enviada pelos tios solteiros à Inglaterra para viver com outros parentes, levando em consideração o pendor da jovem em oferecer assistência a pessoas que não a tinham pedido.

E lá estava Jacob Carstairs, metendo o nariz nos assuntos particulares de seus companheiros de navio! Nossa, como ele era irritante!

Pelas palavras seguintes de Lorde Malfrey, aparentemente ele achava o mesmo.

— Na verdade, Carstairs — disse o conde em seu tom suave e cortês —, você *está* interrompendo, sim.

— Me desculpe — retrucou Jacob Carstairs, não parecendo lamentar nem um pouco. — Mas a Sra. White está procurando Lady Victoria.

— Faça a gentileza de dizer à Sra. White que estarei lá o mais rapidamente possível — informou a jovem, endireitando o lenço de renda e esperando que, por conta do luar, talvez o Sr. Carstairs não tivesse notado o quanto ela estivera próxima do conde...

Contudo, sua esperança foi destruída conforme Jacob Carstairs respondeu num tom que não soava nada diferente daquele dos tios dela:

— Não, milady. É melhor ir até a Sra. White *agora*.

A jovem sentiu as bochechas ruborizando novamente. Como ele ousava dar ordens a ela como se Victoria fosse dele? Jacob Carstairs, com os modos insolentes e olhos cinzentos e brilhantes que pareciam ver tudo, precisava de uma lição de boas maneiras. Precisava aprender que rapazes com colarinho baixo demais que gostavam de provocar moças de quem sequer eram parentes jamais ganhariam o afeto de ninguém... especialmente de tais moças.

E Victoria sabia exatamente quem era a melhor pessoa para dar uma lição no infeliz capitão.

Assim, virando-se para Lorde Malfrey e lhe dando novamente a mão, ela disse seriamente:

— Milorde, respondendo a sua pergunta, seria uma *honra* ser sua esposa.

Para Victoria, o lampejo de surpresa no rosto do Capitão Carstairs naquele instante compensou inclusive o fato de Lorde Malfrey não ter saltado ao mar devido à paixão frustrada.

No fim das contas, ela se parabenizou pelo trabalho bem-feito.

Muito bem-feito, de fato!

Capítulo 2

Inglaterra!

Victoria observou o cais movimentado e cheio de gente através da luneta do capitão. *Então aquilo era a Inglaterra*, pensou ela, *finalmente*. Precisava admitir que estava pouco impressionada. Por enquanto, a Inglaterra não era nada parecida com o que os tios a fizeram acreditar. O estaleiro era praticamente igual àquele do qual saíra em Bombaim uns três meses antes: ambos pareciam sujos e desorganizados. Na realidade, poderia muito bem *ser* Bombaim, exceto pela total falta de macacos.

E, é claro, havia também o fato de que, acima de suas cabeças, havia um céu pesado e cinzento; já o céu que se estendia sobre a querida cidade de Victoria, Jaipur, era quase sempre sem nuvens e tão profundamente azul quanto uma safira de marajá — a não ser obviamente durante a temporada de monção.

Realmente, aquele céu sujo e aquele estaleiro ainda mais imundo eram um fardo pesado demais para qualquer garota... mas era muito, muito pior para Victoria, que também tinha de aguentar a ausência do noivo — seu secreto noivo —, pois, tirando o detestável Capitão Carstairs, ninguém mais sabia da boa notícia de Victoria e de Lorde Malfrey. Dois dias! Dois dias inteiros desde que se despedira do conde! E agora esperavam que ela fosse aguentar também aquele céu e litoral sombrios? Não. Era demais.

— Quer dizer então que estamos na temporada de chuvas, capitão? — perguntou Victoria, passando a luneta para o Capitão White, que, junto da esposa, acompanhara a jovem durante a longa travessia pelo oceano.

— Temporada de chuvas — repetiu o homem, com uma risada. — Milady, desculpe-me dizer, mas na Inglaterra nunca há nada além disso.

Parada ao lado do marido, a Sra. White olhou chocada para ele.

— Percival! — repreendeu ela. — Não zombe de Lady Victoria. Não acredite em uma palavra que ele diz, milady. Estamos na primavera e, ainda que chova mais que o normal nesta estação, posso garantir que temos épocas de tempo bom também.

Victoria assentiu, porém não pôde evitar lançar um olhar duvidoso ao céu. Se havia sol por trás daquela camada grossa de nuvens, não se via nem sinal dele.

Não que fosse especialmente importante, refletiu ela, dando de ombros. Afinal, não precisava do sol. A jovem tinha o próprio segredo especial para mantê-la aquecida. Mas, caso o sol resolvesse aparecer, não acharia ruim.

— Ah, ali está o bote — comentou a Sra. White ao ouvir algo raspando na lateral do navio. — Em instantes, chegará um balanço para levá-la para baixo, milady. Veja, não precisa ter medo. É perfeitamente seguro. Não poderia estar com uma tripulação melhor que a do *Harmonia*, o que tenho certeza de que já sabe a essa altura...

Mas Victoria mal prestava atenção, porque havia visto de soslaio um ponto azul vibrante em meio às monótonas vestimentas cinza e marrom que cobriam a tripulação. Apenas uma pessoa na embarcação — com exceção dela mesma, é claro — usava cores tão ousadas, e era uma pessoa com quem a jovem não tinha o menor interesse em falar naquele momento... ou em qualquer outro, sinceramente. Ela virou o rosto com firmeza em direção ao litoral, embora o vento úmido que puxava a bainha de seu casaco respingasse, de vez em quando, gotas cortantes em suas bochechas.

— ... segura como um gatinho em uma cesta — continuava a Sra. White, interrompendo-se de repente com um grito contente. — Ah, Capitão Carstairs! Aí está o senhor! Acabei de dizer a Lady Victoria que não precisa temer o balanço, que é de fato bastante seguro. Tranquilize-a também, por favor?

Após o mais breve olhar na direção do rapaz, a jovem notou que o Sr. Carstairs ainda carregava aquele sorriso atrevido que parecia manter no rosto desde Lisboa. *Que homem insuportável!* Apertando os lábios, Victoria desejou com vontade, como estivera fazendo desde o infeliz incidente perto da costa portuguesa — no qual o capitão interrompera o pedido de casamento do conde sob o luar —, que Jacob Carstairs sofresse um acidente a bordo que o deixasse em estado de coma.

Infelizmente, nenhuma calamidade do tipo recaíra sobre o rapaz, pois ele aparentava estar em pleno controle da própria fala.

— Tenho certeza — disse o Capitão Carstairs, naquele tom irônico e frio que deixava Victoria furiosa — de que Sua Senhoria não precisa que eu a tranquilize. Qualquer jovem criada por quatro oficiais britânicos condecorados, conforme Lady Victoria me informou que foi o caso, nas selvas de Jaipur, uma região cheia de tigres, como a própria me relatou, dificilmente ficará intimidada por um simples balanço.

Victoria lhe lançou um olhar que esperava ser lido como desdém. Contudo, era impossível dizer como o Capitão Carstairs interpretaria a expressão, afinal o rapaz ainda insistia em procurar por ela apesar de tudo que a jovem fizera para desencorajá-lo.

— Tigres? — A Sra. White parecia horrorizada. — Verdade, milady? Tenho de dizer, eu... *Tigres?* Criaturas assustadoras, a meu ver. Está dizendo que se defrontou com eles? Regularmente? Como possivelmente conseguiu fugir?

— Atirei neles, é claro — retrucou Victoria, com certa rispidez, lançando um olhar de irritação a Jacob Carstairs diante do espanto da Sra. White.

Sinceramente, quando não estava debochando de sua sugestão ao Capitão White para esfregar o convés com soda cáustica em vez de vinagre para que ficasse mais limpo, estava fazendo pouco caso da afirmação sobre suco de limão ser a melhor forma de lavar o cabelo das mulheres. Aparentemente limões não eram tão abundantes na Inglaterra quanto na Índia. Mas como Victoria poderia saber daquilo? Pelo que pôde notar, Jacob Carstairs tinha uma opinião sobre tudo e nenhum pudor em dividi-las... especialmente quando ninguém as havia pedido.

Como se aquilo não fosse irritante o suficiente, o rapaz ainda por cima estava sempre com uma aparência extremamente agradável, apesar da mania estressante de usar o colarinho baixo. Seus casacos e calças eram impecáveis, as botas Hessian estavam sempre superlustrosas, e o cabelo escuro, bem aparado. Era bastante incômodo que um indivíduo tão enlouquecedor fosse tão atraente.

Quão diferente Jacob Carstairs era de um outro rapaz que Victoria poderia — mas não iria, por decoro — nomear! Tão distintos quanto a noite do dia, embora o outro cavalheiro fosse igualmente charmoso... e certamente mais competente em arrumar o colarinho da camisa, assim como em segurar a própria língua.

Era lamentável que ela mesma não tivesse aprendido a dominar aquela arte em particular, pois a Sra. White parecia ainda toda agitada por conta do comentário sobre os tigres.

— Atirou neles! — gritou a mulher, conforme o rosto ficava tão branco quanto a renda no interior de seu chapéu. — Milady! Com uma espingarda?

Então ocorreu a Victoria, com algum atraso, que moças inglesas bem-educadas não costumavam sair por aí atirando em animais selvagens, e que ela realmente deveria ter mantido aquele talento em segredo — assim como tentava manter em segredo a noite iluminada pela lua próxima à costa de Lisboa... mas não graças ao Capitão Carstairs, que sempre a lembrava daquilo, como fazia nesse exato momento.

— Ah, Lady Victoria é tão habilidosa em disparar uma espingarda quanto em conquistar corações. Tem tantas peles de tigre quanto pedidos de casamento — comentou ele, piscando um olho (de verdade!) para a jovem. — Ela os coleciona. Não é mesmo, milady?

Victoria estava convencida de que, se existia homem mais grosseiro no mundo, ela ainda não o tinha conhecido. Estava prestes a fazer tal comentário para o impertinente capitão quando o marido da Sra. White, que fora supervisionar a descida dos botes nas laterais, reapareceu de repente, anunciando:

— Lady Victoria, se estiver pronta, o balanço já foi preparado.

Ainda se lembrando do comentário de Jacob Carstairs sobre a cena de afeto que ele grosseiramente interrompera na outra noite, a jovem respondeu, sem parar para pensar no que dizia:

— Não vou precisar do balanço, capitão. Tenho plenas condições físicas para descer de escada até o bote como todo mundo.

O jovem Capitão Carstairs levantou as sobrancelhas escuras ao ouvir aquilo, mas dessa vez não disse nada. A

Sra. White era quem parecia prestes a sofrer uma apoplexia diante do que ouvira.

— De escada? — gritou ela. — De escada? Ah, milady, não deve saber... não deve estar ciente... de escada não vai dar conta de jeito algum. Ah, não, de jeito algum. Não posso permitir isso. Simplesmente não posso.

Mas que chatice. Outra vez, Victoria percebia tardiamente que cometera uma gafe. Pelo visto, jovens senhoras inglesas não desciam escadas, assim como não passeavam pelo convés do navio depois de anoitecer com homens aos quais não eram aparentadas — como mencionara Jacob Carstairs diversas vezes, para a eterna humilhação da jovem. Teria sido bom se seus tios a tivessem advertido sobre essas coisas antes de a despacharem, sem qualquer cerimônia, para aquela terra bizarra e estrangeira.

No entanto, um olhar de relance para o Capitão Carstairs deixou claro que ela não podia desistir agora. Os olhos cinzentos estavam ainda mais maliciosos, e a boca visivelmente se curvava para cima nos cantos.

— Tsc, tsc, Sra. White — reprovou ele. — Lady Victoria, pegando o balanço? Balanços são para jovens que não falam o que pensam e que desmaiam ao ver a barbatana de um tubarão. Lady Victoria é bem mais resistente que isso. Veja, eu a colocaria contra um tubarão a qualquer hora.

A jovem estreitou o olhar para o deplorável Capitão Carstairs. Nossa, como ele era extraordinariamente cheio de si! Em Jaipur, se qualquer um dos jovens oficiais tivesse falado com ela dessa maneira, os tios teriam destituído o coitado do posto.

Para mostrar que as provocações não a incomodavam nem um pouco, Victoria virou-se para a Sra. White e disse calmamente:

— Não vou ficar me batendo em um balanço com este vento. Eu seria arremessada contra a lateral do navio. A escada servirá perfeitamente, obrigada.

A mulher agitou as próprias mãos.

— Ah, milady, mas sinceramente sinto que devo... como seus queridos pais não estão mais conosco e seus tios me designaram como guardiã durante a viagem, acredito que eu deva agir no lugar destes e dizer que realmente não é nada conveniente...

— Mas que chatice — retrucou Victoria rispidamente. Como as senhoras inglesas eram cansativas! — Mostrem-me onde está a escada e vamos acabar logo com isso antes que a chuva chegue. — Pois o céu acima parecia definitivamente ameaçador, independentemente do que qualquer um dissesse, e ela não queria que seu novo chapéu, que guardara especificamente para aquele dia, ficasse destruído.

Ao ser levada até a escada, no entanto, o entusiasmo de Victoria diminuiu um bocado. O caminho para baixo era mesmo bem longo, e, além disso, a escada era feita de cordas e madeira. Mas ela disse a si mesma, com firmeza, que o balanço também era e que ao menos na escada estaria no controle do próprio destino, enquanto o balanço seria abaixado por membros da tripulação... alguns dos quais, a jovem temia, não estavam completamente comprometidos com suas responsabilidades como deveriam.

Assim, ela subiu a saia e o casaco — levando a Sra. White a arfar, como se os tornozelos expostos de uma mulher fossem a coisa mais ofensiva do mundo. Que bom que a Sra. White jamais fora a Jaipur, pensou Victoria, onde mulheres e meninas — incluindo ela — regularmente saíam com os pés e as pernas descobertos até os joelhos. Em seguida a jovem passou uma perna pelo corrimão do navio, oscilando ali por um momento conforme o pé buscava apoio no primeiro degrau da escada de cordas, e acabou olhando para baixo novamente...

E percebeu que aquilo tinha sido um erro. Os homens no barco abaixo pareciam realmente pequenos. Havia um longuíssimo caminho até a agitada superfície de ondas e espuma. O percurso era tão longo que Victoria estranhamente começou a sentir calor, apesar do vento gelado que cortava sua saia. Ela estava convencida de que o pulso começara a vacilar, e a boca de repente ficara bastante seca.

Congelando onde estava, começou a pensar que talvez o balanço não fosse má ideia, pois ao menos poderia ficar de olhos fechados até chegar lá embaixo. Tentava decidir como abordar o assunto diante das pessoas para quem acabara de ridicularizar tal ideia quando sentiu a mão quente e reconfortante de alguém sobre os dedos enluvados.

Victoria abriu os olhos e se deparou com o detestável Capitão Carstairs, os cantos de sua boca, como sempre, curvados para cima... só que dessa vez o sorriso não era sarcástico, e sim gentil.

— Não olhe para baixo — aconselhou ele delicadamente —, e tudo vai dar certo.

A jovem engoliu — o que foi difícil, considerando o quanto a garganta estava seca —, depois apenas assentiu, sem confiar na própria voz. Não havia nada que pudesse fazer naquele momento. Não tinha outra escolha senão descer, porque aparentemente perdera também a habilidade de falar, então nem mesmo poderia pedir pelo balanço.

Assim, ela foi descendo, com o cuidado de manter o olhar na lateral do navio conforme seguia. Victoria podia ouvir os homens abaixo gritando e a encorajando — "Venha com calma, milady" e "Devagar e sempre" —, o que a deixou bastante grata por eles, pois as vozes faziam com que o rugido nos ouvidos, que nada tinha a ver com o mar, parecesse menos opressivo.

E então, antes do que imaginara, finalmente sentiu mãos em seus cotovelos e cintura. Em seguida a levantaram da escada e a colocaram dentro do bote... o que foi uma coisa boa, porque os joelhos cederam completamente no momento em que os pés tocaram o fundo do barco, e ela percebeu que não teria conseguido andar até o assento sem ajuda.

Alguns gritos de "Hurra!" ecoaram do convés do navio, incrivelmente lá no alto, e Victoria começou a sentir o sangue nas veias novamente. *Ora*, pensou ela. *Ah, mas isso não foi nada! Imagine ficar com medo de uma descidinha dessas!*

Quando enfim a coitada da Sra. White — que, é claro, escolheu descer de balanço — se juntou a ela no bote, a jovem já havia esquecido por completo o próprio medo e não pôde deixar de sentir irritação diante do drama da outra mulher. Porque, apesar das afirmações da Sra. White de que o balanço era perfeitamente seguro, ela gritou de forma totalmente histérica até chegar lá embaixo e desmaiar por completo quando já estava segura dentro do bote. Victoria precisou passar amoníaco sob o nariz da senhora para que ela acordasse; o que a jovem considerou um comportamento bastante deplorável para a esposa de um capitão. Ela não conseguia entender por que o Capitão White deixava a mulher o acompanhar durante as viagens.

O Capitão Carstairs, que desceu de escada momentos depois de a Sra. White ser entregue em segurança, olhou para Victoria apenas com admiração — algo que ela notou com bastante prazer. Era uma pena que ele usasse o colarinho daquela forma — e que se comportasse daquele jeito, é claro, sendo implicante demais para ser desejável — porque em todos os outros aspectos era um rapaz bastante agradável. A jovem até achava que, se não tivesse conhecido Lorde Malfrey primeiro, talvez corresse o risco de se apaixonar pelo charmoso capitão...

Exceto, óbvio, pelos modos irritantes, que tornavam qualquer relação com ele impensável.

Ainda assim, Carstairs conseguia ser agradável o suficiente quando queria, como havia demonstrado mais cedo no convés com o sensato conselho para que Victoria não olhasse para baixo.

Era nisso que pensava quando o jovem capitão notou o amoníaco que ela segurava próximo ao rosto pálido da Sra. White. Por alguma razão, a cena o compeliu a comentar alegremente:

— Ora, deve estar realmente bem feliz, Srta. Abelhuda. Finalmente tem a oportunidade de ser útil a alguém!

A partir daquele instante até chegarem em segurança ao cais, Victoria apenas lançou olhares sombrios para Jacob Carstairs, que a irritou ainda mais ao parecer achar o desprezo divertido — em vez de ficar incomodado o suficiente e pedir desculpas pela grosseria, como qualquer outro cavalheiro teria feito. Além disso, também não demonstrava qualquer sinal de que iria se lançar ao mar como penitência pelo erro.

Como se isso não fosse ruim o bastante, após finalmente chegar ao cais imundo e de péssima aparência — algo que ela já havia observado pela luneta do capitão —, Victoria se viu persuadida pela Sra. White a não encarar os prisioneiros. Eles estavam sendo colocados em um navio para as colônias penais, e, para a jovem, foi bem difícil desviar o olhar; afinal quando iria ter outra chance de pôr os olhos no rosto de um sonegador fiscal?

Contudo, conforme informou a Sra. White, não era conveniente que jovens senhoras inglesas demonstrassem tamanho interesse por criminosos condenados. A esposa do capitão disse compreender que na Índia coisas como enforcamentos públicos fossem comuns, mas na Inglaterra tais atividades bárbaras não eram mais toleradas; os enforcamentos aconteciam nos pátios das prisões, aos quais pertenciam, e considerava-se grosseiro encarar alguém, mesmo que fossem sonegadores fiscais sendo carregados para outro hemisfério.

Que criaturas enfadonhas os ingleses! Victoria não pôde deixar de pensar. Realmente achava bem difícil de acreditar que um dia poderia fazer parte dessa gente pálida e sem graça. No entanto, considerando que se casaria com um deles — embora ninguém pudesse achar Hugo Rothschild sem graça —, supunha que ao menos teria que começar a tentar se dar bem com os ingleses.

Mas a paciência da jovem pareceu ter sido seriamente desafiada quando ela ouviu a batida alta de cascos de cavalos na calçada próxima e seu nome sendo chamado... pois, para sua mortificação, não a chamavam pelo nome próprio, e sim pelo apelido.

— Vicky! Vicky!

Olhando por debaixo da aba do chapéu, Victoria reparou em uma grande carruagem que se aproximava do píer o máximo permitido pela rua. Então, antes que o cocheiro pudesse descer para destrancar o veículo, a porta se abriu, derramando o que parecia ser uma verdadeira enxurrada de crianças e de pequenos animais e pouquíssimos adultos. Todos começaram a vir na direção da jovem, uma imensa parede humana, gritando seu nome.

Caso fosse menos resistente, talvez tivesse dado meia-volta e fugido da imensa onda familiar. Mas a jovem conseguiu manter a calma e apenas se afastou um pouco da Sra. White, para que a boa senhora não fosse derrubada pelo mar de braços e pernas e rostos voltados para cima que logo a engolfaram.

— Vicky! — Um dos adultos, que ela imediatamente reconheceu como a irmã de sua mãe, a tia Beatrice Gardiner, jogou os braços na direção de Victoria e a puxou para um abraço de quebrar as costelas. — Olhe só você! Olhe só, toda crescida e superelegante!

Victoria imaginou que devia estar elegante antes daquele abraço. No entanto, conforme a tia se afastou, avaliando a sobrinha rapidamente enquanto a segurava nos ombros, ela pôde sentir o chapéu novo escorregando da cabeça.

— Você é todinha o seu pai! — exclamou a Sra. Gardiner, analisando-a da cabeça aos pés com os olhos azuis. — Não vejo detalhe algum de Charlotte, você vê, Sr. Gardiner?

O tio, Walter Gardiner, não se jogara em Victoria como o restante da família. Em vez disso, ficara ao lado, tragando o cachimbo, e respondeu apenas "Hmmm", o que pareceu ser o suficiente para satisfazer a esposa, que havia removido as mãos dos ombros da sobrinha para passá-las nos braços e no material de seu casaco, para a vergonha da jovem.

— Como está magra! — exclamou a Sra. Gardiner, aparentemente com muita satisfação. — Por acaso seus tios não a alimentaram direito? Ah, eu sabia que não devia tê-la deixado com eles. Sabia! E sua pele está tão escura! Nossa, está bronzeada como uma cigana! Seus tios não tinham sombrinhas decentes? E ela é tão pequena! Olhe como é pequena, Sr. Gardiner! Meu Deus, posso jurar que é menor que Becky, e Becky era a menina mais baixa da escola. Querida, poderia colocar você no bolso e carregá-la para casa! E vejo que também tem os olhos do pai. Não são castanhos nem verdes, e sim um pouco de cada, como se o bom Senhor não tivesse conseguido se decidir. E seu cabelo, Vicky, que era tão louro da última vez que a vimos. Escureceu totalmente! Não tem mais nenhuma chance de você e Becky se passarem por irmãs agora. Não estão nada parecidas. Nem um pouco!

Enquanto a Sra. Gardiner proclamava tudo isso, Victoria agonizava silenciosamente, morrendo de vergonha. Seria ruim o suficiente ser inspecionada assim na privacidade da própria casa, mas era dez vezes mais humilhante em público... e especialmente na presença de Jacob Carstairs. Afinal, a jovem sabia — embora não ousasse olhar na direção dele — que o rapaz estava por perto e que sem dúvida assistia à cena com o sorriso sarcástico de costume. Já era bem humilhante ouvir a tia gritar seus defeitos físicos daquele modo — e Victoria sabia muito bem que tinha, sim, defeitos, por mais que não os considerasse tão graves quanto a tia obviamente considerava; estava bem ciente da própria altura e, embora não se achasse magra demais, sabia que deixava a desejar em partes do corpo nas quais a moda para as moças era ser mais voluptuosa. Mas saber que Jacob Carstairs a podia escutar... Bem, se pudesse desaparecer ali mesmo, ela o teria feito.

Victoria tinha noção de que as bochechas coravam sob o bronzeado da pele e já não havia mais a aba do chapéu nem a sombrinha para escondê-la: o chapéu estava pendurado pela fita em seu pescoço, e a sombrinha fora derrubada de sua mão pelo abraço entusiástico da tia. Mesmo se quisesse, Victoria não poderia levantar o olhar para encarar o Capitão Carstairs, pois não teria conseguido vê-lo de tão aglomerados que os parentes se encontravam ao seu redor. O vestido e o casaco eram puxados por uma dúzia de mãos impacientes conforme os primos mais novos competiam uns com os outros pela atenção da jovem. Ela reconhecia apenas um dos primos... De fato, a maioria ainda não era nascida da última vez que Victoria vira os tios. Quem ela reconhecia era a prima Rebecca cuja idade era próxima da sua. Fora com Rebecca que Victoria viajara para a Índia aos 4 anos, com os pais de ambas, para que as mães das duas, que eram irmãs, pudessem visitar seus quatro irmãos postados em Jaipur com o exército inglês.

Infelizmente um surto de malária tirou a vida dos pais de Victoria durante a visita, fazendo com que os pais de Rebecca voltassem com a filha à Inglaterra e abandonassem a sobrinha contagiosa, doente e sem expectativas de sobrevivência.

Contudo, ela sobrevivera e nenhuma bajulação além-mar conseguira convencer os tios a mandar Victoria de volta à Inglaterra para viver com a irmã, que achava bastante inadequado que uma jovem — principalmente a única filha do Duque de Harrow — fosse criada por três homens solteiros. Somente agora, que a menina atingira a idade de se casar, que os irmãos da mãe decidiram abrir mão de sua guarda... Uma decisão que coincidia, como Victoria não pôde deixar de notar, com sua crescente aversão ao comportamento às vezes escandaloso dos três e com suas reclamações. Por exemplo, ela jamais conseguira evitar que um deles colocasse os pés sobre a mesa depois de uma refeição.

A jovem se lembrava apenas vagamente dos pais e também tinha poucas recordações dos Gardiner. Havia uma memória longínqua de Rebecca juntando-se a ela em uma competição para fazer tortas de barro. Atualmente seria pouco provável que sua prima, uma linda menina loura de 17 anos, participasse de qualquer atividade assim, notou Victoria. Ela nem mesmo se dignara a se juntar àquela saudação imprópria à prima vinda da Índia. Em vez disso, havia preferido ficar um pouco afastada, girando a sombrinha em uma das mãos e sorrindo de modo provocante. Victoria demorou um pouco para perceber para quem Rebecca sorria daquele jeito, e ficou chocada ao se dar conta. Ora, era exatamente para o Capitão Carstairs que a prima sorria! E o cavalheiro, reparou Victoria com nojo, retribuía o sorriso! Estava claro que os dois já se conheciam, pois ela ouviu Rebecca dizer, por cima do barulho de seus irmãos mais novos:

— Boa tarde, Capitão Carstairs!

No entanto, embora tenha confirmado a saudação curvando-se e dando um sorriso ainda maior, ele não teve a chance de responder, pois a Sra. White começou a lhe puxar com força a manga. O rapaz abaixou-se para ouvir o que senhora tinha a dizer, e Rebecca, parecendo um pouco incomodada, finalmente olhou na direção da prima. Foi então que Victoria a viu sorrir novamente, revelando duas covinhas, uma de cada lado da boca, que parecia um botão de rosa.

— Bem-vinda, prima Vicky — cumprimentou ela gentilmente.

Victoria se viu tomada por uma onda de culpa. Alguns segundos antes, fora atingida por um desejo inexplicável de golpear as belas orelhas da prima. E não foi porque Becky crescera e ficara incrivelmente linda. Victoria jamais sentia inveja da aparência de outras meninas, pois, por mais que a sua própria deixasse a desejar, a jovem sabia que tinha outras qualidades que compensavam qualquer falta de covinhas ou de curvas.

Não. Victoria havia sentido vontade de dar um tapa em Rebecca porque a pegara de olho em Jacob Carstairs. Será que a menina não batia bem da cabeça? Será que não via o quanto Jacob Carstairs era um rapaz terrivelmente detestável? E o que a tia de Victoria estava fazendo, permitindo que a filha fosse cordial com um tipo daqueles?

O cumprimento de boas-vindas de Rebecca à prima, no entanto, foi muito educado e amigável. Victoria decidiu que podia perdoá-la. Além do mais, sabia que não precisaria aturar os Gardiner por muito tempo. Assim que o conde retornasse de Lisboa, ela o obrigaria a adquirir uma autorização especial para que os dois se casassem o quanto antes. A jovem não achava que conseguiria suportar mais que duas semanas da hospitalidade dos tios.

Victoria sorriu para a prima, então se virou para agradecer à tia cujo longo monólogo sobre os defeitos da sobrinha fora interrompido quando a mulher viu um dos filhos mais novos puxando um pequeno cachorro pelo pescoço.

— Tia Beatrice — começou ela —, é ótimo vê-la de novo. Muito obrigada por me receber...

— Jeremiah! — disparou a Sra. Gardiner. — Coloque esse cachorro no chão! Quantas vezes já avisei para não o segurar pela cabeça? Vai matá-lo!

Como não queria se sentir derrotada na tentativa de agradecer aos anfitriões, Victoria dirigiu-se ao tio.

— É muito bom ver você também, tio Walter.

Com seu jeito reservado e taciturno, o Sr. Gardiner havia apavorado a sobrinha durante a infância. O homem mudara muito pouco nos doze anos que não o vira, notou Victoria rapidamente. "Hmmm" foi tudo o que disse a ela, embora a jovem tivesse conseguido um cumprimento de reconhecimento. Então ele se virou para o Capitão Carstairs, que estava relativamente perto, e murmurou:

— Bem-vindo, Carstairs. E o que achou da África?

Victoria não pôde ouvir a resposta do Sr. Carstairs porque a tia começara a falar novamente:

— Vamos levar a coitada da Vicky para casa, queridos — berrou ela para que todos os trabalhadores do porto de Londres ouvissem. — Ela não está acostumada ao clima inglês e pode facilmente ficar com a garganta inflamada se a chuva cair, e parece que vai começar em breve. Não queremos que a prima Vicky fique com o nariz vermelho e escorrendo, não é? — A Sra. Gardiner soltou uma garga-lhada que Victoria tinha certeza de que podia ser ouvida lá em Bombaim. — Assustaria todos os pretendentes!

Quando imaginou que não podia se sentir mais humilhada, a jovem ouviu Jacob Carstairs ironizar:

— Ah, consigo pensar em um ou dois que não se importariam.

Ela lançou um olhar irritado para o rapaz, mas percebeu em seguida que não ajudaria em nada. Por sobre a cabeça dos primos, o Capitão Carstairs lhe deu um sorriso que persistiu conforme ela era carregada pelas crianças até a carruagem. A última coisa que viu ao se afastarem do *Harmonia* foi a Sra. White sacudindo um lenço de renda em sua direção enquanto gritava:

— Ah, adeus, adeus, Lady Victoria! Vou procurá-la na próxima semana!

Ao lado da mulher, estava Jacob Carstairs, ainda sorrindo como uma estátua hindu de Ganesh.

Que homem insuportável!

Capítulo 3

— Deve ser mesmo maravilhoso ser rica — comentou Rebecca Gardiner, suspirando enquanto segurava um dos muitos vestidos de baile de sua prima sobre os ombros e admirava o próprio reflexo no espelho de corpo inteiro no quarto que elas iriam dividir durante a estadia de Victoria.

Uma estada que seria realmente bem breve, ela já havia decidido. A casa dos Gardiner em Londres era ótima, mas com nove crianças — nove! —, quatro cachorros, três gatos, uma variedade de coelhos, furões e periquitos, dois tios, um mordomo, uma cozinheira, uma governanta, duas empregadas, uma babá, um condutor e um menino que trabalhava no estábulo, o lugar estava cheio demais para Victoria. A jovem já sentia falta da casa de campo que dividira com os tios, com empregados que não moravam ali e somente alguns cachorros bem-educados ou mangustos ocasionais — para matar cobras que acabavam aparecendo enroladas no banheiro — como animais de estimação.

Tudo era muito diferente na casa dos Gardiner! Victoria não parecia dar um passo sem pisar em uma criança ou na pata de um gato. Como se isso não fosse suficiente, os criados deixavam muito a desejar. Ela logo percebeu que teria que ser firme com eles. Já havia resolvido que Mariah, uma das empregadas, precisaria ser mandada embora. Victoria estava tão preocupada com o tamanho descuido da moça conforme esta desfazia suas malas que mal prestava atenção ao que a prima falava.

— Sim — respondeu a jovem à afirmação de Rebecca. Para a infeliz da Mariah, no entanto, que amassava uma bata de crepe de chine supercara, disse: — Isso deve ser pendurado, Mariah, e não dobrado.

Rebecca, assim como a empregada, não dava a mínima atenção para Victoria.

— Mamãe disse que você tem milhares de libras. — Sua prima esticou a ponta do pé, admirando o modo como ele saía da bainha plissada do vestido que segurava. — Como eu adoraria ter milhares de libras para *mim*. Se tivesse, não ficaria *aqui* quando viesse a Londres. Me hospedaria em um hotel e pediria sorvetes o dia todo.

— Se comesse sorvete o dia inteiro, você ficaria doente. Além disso, meus tios não deixaram que eu ficasse em um hotel — explicou Victoria. — Eles disseram que na Inglaterra não era considerado apropriado para uma jovem se hospedar em um hotel sem um acompanhante adequado. Por mais que na Índia ninguém fosse ligar.

— Deve ser divino — comentou Rebecca, visivelmente nada interessada em ouvir qualquer coisa sobre a Índia — ter todo o dinheiro do mundo para comprar coisas bonitas. Me conte, quantos leques você tem?

— Ah, dezenas — respondeu Victoria. — Faz tanto calor durante a maior parte do ano em Jaipur. Ai, Mariah, tenha *mais* cuidado com esse vestido. Não consegue ver que é de seda?

— Só tenho dois leques — disse Rebecca, com tristeza. — E Jeremiah rasgou um deles. Ah, não é justo! Você tem muita sorte: tem fortuna, dezenas de leques e o delicioso Capitão Carstairs só para você por semanas e semanas.

Aquele comentário conseguiu toda a atenção de Victoria como nada que a prima dissera antes havia conseguido. Esquecendo-se de Mariah e de seu desleixo para desfazer as malas, ela virou-se para encarar Rebecca.

— Capitão *Carstairs*? — gritou ela, perplexa.

Sua prima assentiu com um ar sonhador para o reflexo no longo espelho.

— Ele não é maravilhoso? Queria que papai tivesse me deixado na Índia com você em 1798. Aí nós poderíamos ter voltado de navio à Inglaterra juntas e teríamos a companhia do Sr. Carstairs durante as manhãs, as tardes e as noites.

Victoria sentiu ânsias de vomitar. Não era elegante, mas ela não pôde evitar.

Rebecca notou e ergueu as sobrancelhas, surpresa.

— Você não gostou da companhia do Capitão Carstairs durante a viagem? — perguntou ela, incrédula.

— De modo algum! — declarou Victoria. — Jacob Carstairs é o cavalheiro mais desagradável que já tive o desprazer de conhecer!

Rebecca parecia chocada.

— Mas ele é extremamente simpático — afirmou ela. Victoria bufou.

— Extremamente grosseiro, impertinente e hostil, você quer dizer. E se ousar me contar que ele é considerado por *todas* por aqui como um bom partido, vou gritar.

— Bem, ele é — respondeu Rebecca francamente, levando sua prima a dar um grito estridente o bastante para que a desastrada da Mariah quase deixasse cair a garrafa de essência de rosas que retirava de uma das muitas malas. — Mas o Capitão Carstairs é um perfeito cavalheiro — continuou Rebecca num tom bem sério. — Ele tem negócios com papai e frequentemente fica para o jantar, e muitas vezes também nos convida para jantar com ele e a mãe, então temos a sorte de vê-lo bastante. Ele sempre foi tão encantador. Além de ser incrivelmente bonito e divertido. E muito rico, ainda por cima.

— Rico? — questionou Victoria, enquanto salvava a essência de rosas. — Ele é apenas um oficial da Marinha.

— Não é, não — informou sua prima. — Sabe o navio no qual você embarcou, o *Harmonia*? Bem, Jacob Carstairs é o dono. É dono de toda a linha Harmonia. A empresa era de seu pai, mas, quando este morreu, o Capitão Carstairs herdou tudo. E, em poucos anos, transformou o que parecia ser uma frustração na época da morte do pai na empresa bastante lucrativa de hoje. Graças ao próprio trabalho duro, Jacob Carstairs é absurdamente rico.

Victoria digeriu aquilo. Jacob Carstairs, absurdamente rico? Bem, certamente explicava por que o rapaz não parecera sentir qualquer remorso em provocar a filha de um duque.

Ainda assim, e aquele colarinho?

— Não acredito — comentou Victoria finalmente.

— Pode acreditar — insistiu Rebecca. — Ele tem quarenta ou cinquenta mil libras, no mínimo. É tão rico quanto você, Vicky.

Victoria encarou a prima com uma expressão de dor.

— Precisa me chamar assim? — perguntou ela.

— Vicky? — Rebecca parecia ligeiramente espantada. — Mas a chamamos assim desde sempre.

— É *Victoria* — respondeu ela. — Vicky é um apelido de criança. E não sou mais uma criança. Na verdade, sou praticamente uma mulher casada.

Ela olhou de relance para a prima a fim de observar como ela receberia a notícia e ficou satisfeita ao vê-la segurando a respiração, surpresa.

— O quê? — gritou Rebecca. — Você está noiva?

— Sim, estou — retrucou Victoria, contente, pois enfim podia contar a novidade. Tinha sentido que explodiria guardando aquilo para si. Era um alívio poder dividir com alguém, mesmo com uma pessoa de péssimo julgamento, que achava Jacob Carstairs um bom partido.

— Veja, aqui está o anel de sinete dele. — A jovem esticou a mão para que Rebecca pudesse analisar a joia de ouro que fora forçada a usar no dedo do meio, e não no terceiro, pois era larga demais. Mariah, que carregava as roupas íntimas de Victoria, também parou para admirar o objeto.

— Mas esta é a insígnia do Conde de Malfrey — gritou sua prima ao curvar-se para examinar o anel. — Ai, Vicky! Não diga que está noiva de Hugo Rothschild!

— Estou, sim — confirmou ela, sentindo-se importante e feliz ao ver que a notícia levara Mariah a tratar suas pantalonas com mais respeito. — Eu o conheci no navio, e ele me pediu em casamento três noites atrás, logo antes de desembarcar em Lisboa, onde tinha negócios a tratar. — E então complementou: — Precisa prometer que não vai contar a ninguém, Becky. Você também, Mariah. Lorde Malfrey pediu para manter o noivado em segredo até que possa me apresentar devidamente à mãe quando retornar a Londres.

— Não direi nada, milady — declarou Mariah firme-mente. Rebecca, no entanto, não se comprometeu com tanta rapidez.

— Você está noiva! — A jovem estava bastante impres-sionada. — De Lorde Malfrey! Ele é tão lindo! E estiloso também. Olhe, já o vi no Almack diversas vezes, e ele jamais repetiu um colete. É um cavalheiro muito agradá-vel... dos mais gentis e prestativos. — Então o belo rosto anuviou. — Mas, Vicky, você tem apenas 16 anos. Será que seus tios vão permitir que se case tão nova?

Victoria deu de ombros.

— O que eles podem fazer a respeito? Estão na Índia, e eu, aqui.

— Há muita coisa que podem fazer — afirmou Rebecca. — Podem se recusar a dar permissão, e você precisaria casar escondida. Mas aí poderia ser deserdada! E então como vocês iriam viver? Pois ouvi dizer, Vicky, que a fortuna do conde já não é mais a mesma.

Victoria respondeu educadamente:

— Não se preocupe com isso, Becky. Meus tios não podem me deserdar, porque recebi a herança no ano passado. Posso fazer o que quiser com o dinheiro que meu pai deixou. E sei de tudo sobre os problemas financeiros de Lorde Malfrey. Por isso que o noivado me deixa tão feliz. Sempre quis ter algo digno para fazer com minha riqueza. — A jovem tentou afastar a lembrança desconfortável de Jacob Carstairs dizendo mais cedo: *Ora, deve estar realmente bem feliz, Srta. Abelhuda. Finalmente tem a oportunidade de ser útil a alguém!* Que rapaz mais tedioso! — Agora poderei fazer bom uso de minha fortuna, ajudando a família de meu marido a se restabelecer à antiga posição como uma das mais distintas famílias de Londres.

Rebecca continuava hesitante.

— Acho que mamãe não vai gostar disso, Vicky — comentou ela. — Nem papai, aliás. Na verdade, acho que é meu dever contar a eles, por ser a prima mais velha. Você é *tão* nova, entende.

Victoria ficou irritada.

— Apenas um ano mais nova que você — argumentou ela.

— Ainda assim — insistiu Rebecca, com seriedade. — Há uma enorme diferença entre 16 e 17 anos, sabia?

Afinal, já tive uma temporada na sociedade, e você não. O que pode possivelmente saber sobre homens? Você passou a vida inteira na Índia!

Vivendo com três dos homens mais frustrantes e egoístas do mundo, que eram totalmente incapazes de tirar a sola da bota de cima da mesa, pensou Victoria, zangando-se. *O que não sei sobre homens, Srta. Becky, caberia em seu dedal com espaço de sobra.*

— Está dizendo que não acha que Lorde Malfrey daria um bom marido? — perguntou ela em voz alta.

— Imagine — respondeu Rebecca. — Não é isso. É só que... Bem, pode mesmo ter tanta certeza de que o ama, Vicky, com apenas 16 anos?

Irritada, a jovem questionou:

— Você pode mesmo ter tanta certeza de que ama o Capitão Carstairs com apenas 17 anos?

Rebecca corou graciosamente.

— Eu não disse que o amava.

— Mas fez uma excelente imitação disso. "Ele é tão bonito e encantador e divertido", acho que foram essas suas palavras.

Rebecca balançou a cabeça, fazendo com que os cachos dourados se mexessem.

— E se eu o amar mesmo? Pelo menos Jacob Carstairs fez a própria fortuna e não dependerá da esposa para pagar as contas do alfaiate.

Como não havia nada que pudesse dizer em resposta à primeira parte do comentário, Victoria respondeu apenas à segunda:

— O Capitão Carstairs deveria pensar em trocar de alfaiate — disparou ela —, pois o atual permite que ele perambule pela cidade com um colarinho escandalosamente baixo.

Rebecca prendeu a respiração.

— Não há nada errado com o colarinho do Sr. Carstairs!

Victoria estava prestes a declarar que o colarinho de Jacob Carstairs era tão baixo quanto seu conceito sobre ele, quando lhe ocorreu que não seria bom alienar Rebecca. A jovem tinha planos para ela. Pois, assim que a vira de olho em Jacob Carstairs no cais, havia decidido que ele era o último homem na face da Terra com quem ela permitiria que a prima se envolvesse. Victoria planejava encontrar um amigo de Lorde Malfrey para a menina, assim os quatro poderiam passar juntos os verões na propriedade do conde na região dos lagos. Ela sabia que era seu dever salvar Rebecca, não só da companhia desagradável daquela família enorme, mas também de Jacob Carstairs.

Então Victoria engoliu a raiva e disse na voz mais doce possível:

— Claro que não tem nada errado com o colarinho do Capitão Carstairs. Eu só estava brincando. Não vamos brigar, Becky.

Mas pelo visto Rebecca não queria parar de brigar. E também não parecia querer ficar calada com relação ao noivado da prima.

— Esconder algo assim da mamãe — comentou ela — simplesmente não parece certo.

Victoria olhou de relance para o vestido que Mariah retirava da última mala.

— Sabe — começou ela maliciosamente —, provavelmente não vou ficar muito tempo na casa de seu pai, Becky. Em breve Lorde Malfrey e eu vamos nos casar, e vou morar com ele. O que é uma pena, porque estava pensando agora mesmo em como seria divertido morar com outra mulher. Nunca morei antes, sabia... não desde que minha mãe morreu. Fiquei imaginando como seria legal ficar acordada até tarde, fofocando e experimentando as roupas uma da outra. Você sabe que, se gostar de alguma coisa minha, é só pedir que empresto por quanto tempo quiser. Aquele vestido que você estava admirando em frente ao espelho, por exemplo. Não gostaria de usá-lo para o jantar hoje à noite?

Em um segundo, o semblante teimoso de Rebecca mudou para uma expressão desejosa.

— Aquele vestido? — indagou ela. — Posso mesmo usá-lo? Não se importaria?

— Nem um pouco — afirmou Victoria. — Mas precisa levar o leque que combina com ele. É o de penas azuis, Mariah; esse que você acabou de guardar na gaveta de cima.

A criada pegou o leque e o entregou para Rebecca com uma reverência.

— Vai combinar com seus olhos, senhorita — disse ela servilmente. E Victoria começou a achar que talvez houvesse esperança para Mariah, no fim das contas.

E para Rebecca também, decidiu a jovem mais tarde, quando viu a prima roubando a cena ao entrar na sala de jantar enfeitada com as roupas emprestadas. A Sra. Gardiner, temendo — erroneamente, é claro — que Victoria fosse estar muito cansada da longa viagem de navio para sair na primeira noite em Londres, planejara um jantar calmo com a família; embora o conceito de calmo de tia fosse drasticamente diferente daquele da sobrinha. Para Victoria, um jantar calmo significava trancar todos os pequenos Gardiner no quarto de crianças para que os adultos pudessem comer relativamente em paz.

Para a Sra. Gardiner, no entanto, significava simplesmente que nenhum convidado extra fosse chamado para comer com a família.

Portanto, quando foram convocadas por Perkins, o mordomo, à sala de jantar, Victoria e Rebecca se depararam com as pequenas Annabelle e Judith liderando os irmãos mais novos em uma correria em volta da mesa, com Elizabeth se pendurando nas cortinas das portas e com Jeremiah arrastando a coitada de uma gata ainda filhote pela pele do pescoço com os dentes, aparentemente em uma imitação de "Gatinha". A entrada de Rebecca foi uma comprovação de sua beleza — ou talvez da habilidade da costureira de Victoria em Jaipur —, pois a visão da jovem no vestido azul emprestado fez com que toda aquela bagunça parasse. Jeremiah até mesmo deixou cair a gata, que subiu rapidamente pela cortina das portas, com bastante conhecimento para uma criatura tão nova, escapando assim das garras do pequeno atormentador.

— Becky! — exclamou Clara, cuja idade era a mais próxima de Rebecca; ela tinha 14 anos e estava bastante consciente do fato de que em breve se tornaria tão bela quanto a irmã mais velha. — Está parecendo uma princesa!

O Sr. Gardiner disse apenas:

— O quê? Terrina de carne de novo? — Após reparar na travessa aquecida à mesa.

No entanto, a Sra. Gardiner foi só elogios para a filha.

— Que vestido lindo! — maravilhou-se ela. — Combina tão bem com a cor de seus olhos, minha querida! Foi muito generosidade de sua prima emprestar o vestido para você. Se a querida Vicky não se importar de cedê-lo novamente, ficaria ótimo no baile da Sra. Ashforth na semana que vem. Tome cuidado para não derrubar nada nele hoje e estragá-lo.

— Não vou, mamãe — murmurou Rebecca timidamente, e Victoria soube então que seu segredo, aquele em relação ao noivado, permaneceria seguro.

Ela estava muito orgulhosa de si, embora não estivesse nada satisfeita com a cozinheira dos Gardiner, que aparentemente colocava pouca carne de verdade na terrina de carne. A jovem logo percebeu que precisaria ter uma conversa com a cozinheira.

Naquele instante, Perkins apareceu à porta e anunciou:

— Capitão Carstairs.

Victoria quase deixou a colher cair. Capitão Carstairs? *Capitão Carstairs?* Ela não acabara de deixá-lo no cais — esperando que fosse para sempre? Que porcaria estava fazendo ali, na casa dos tios, apenas algumas horas depois?

— Hmmm — disse o tio dela, não se limpando muito bem com o guardanapo, pois continuava com pedaços de terrina agarrados à barba. — Convide-o para entrar, convide-o para entrar.

— Ah, sim, por favor! — exclamou a Sra. Gardiner no outro extremo da mesa. — E arrume mais um lugar à mesa, Perkins. O capitão irá se juntar a nós, tenho certeza.

— Oba! — gritou Jeremiah, esbarrando em sua tigela com o cotovelo. — Tio Jacob está aqui!

Tio Jacob? Victoria não achava que a noite poderia ficar pior. Será que nunca estaria livre da companhia daquele rapaz desagradável?

Segundos depois, ele apareceu na entrada, com um colete e uma camisa limpos, as botas brilhando como nunca... mas o colarinho ainda estava pelo menos 5 centímetros abaixo do normal. As crianças — um bando visivelmente indisciplinado — saltaram das cadeiras ao vê-lo e partiram para cima dele em um aglomerado de rostos radiantes e mãos sujas de terrina enquanto gritavam:

— Tio Jacob! Tio Jacob!

Mas o Capitão Carstairs rapidamente conseguiu se soltar ao mostrar uma sacola e dizer:

— Sim, sou eu. Que bom vê-los de novo. E olhem o que trouxe da África!

As crianças soltaram o casaco dele e foram para cima da sacola, como um conjunto de pequenos abutres famintos. *Esperto!*, pensou Victoria, desejando que tivesse tido uma sacola assim no píer, pois poderia ter se defendido da horda dos Gardiner. Quando estava finalmente livre, Jacob Carstairs encarou com seus olhos claros os quatro adultos que sobraram à mesa — cinco se contasse com Clara, que obviamente decidira que estava velha demais para pular na sacola com os irmãos mais novos, embora ainda assim a observasse sem disfarçar a curiosidade.

— Boa noite — cumprimentou o jovem capitão, curvando-se educadamente para a Sra. Gardiner, Rebecca e Victoria. — Desculpem-me por interromper o jantar. Foi muito gentil me convidarem para entrar.

— Besteira — retrucou o Sr. Gardiner bruscamente. — Sente e coma.

— Sim, por favor, Jacob — solicitou a Sra. Gardiner. — Quero dizer, se sua mãe não se incomodar. Não quero que ela se zangue comigo por roubá-lo em sua primeira noite de volta à cidade depois de uma viagem tão longa.

— Minha mãe foi à ópera — informou o Capitão Carstairs. — Ela não sabia que eu chegaria hoje e não queria abrir mão de ingressos tão bons.

— Então está órfão esta noite! — exclamou a Sra. Gardiner. — E, portanto, é minha obrigação alimentá-lo! Sente-se, sente-se, vá. Tem bastante para todo mundo.

— Neste caso — o Sr. Carstairs acomodou-se na cadeira que Perkins havia colocado à mesa para ele —, será um prazer. Não há nada que eu goste mais, como certamente a senhora sabe, Sra. Gardiner, que a terrina de carne de sua excelente cozinheira.

Enquanto considerava a própria tigela da comida aguada, Victoria lançou um olhar completamente incrédulo ao rapaz. Desde que o conhecera, a jovem tinha achado que havia algo meio estranho sobre Jacob Carstairs, mas naquele momento começou a achar que ele era realmente maluco. Maluco ou dissimulado, pois não havia absolutamente nada excelente sobre a terrina de carne da cozinheira dos Gardiner.

Em seguida, Jacob Carstairs fez algo que confirmou sua suspeita de que ele não batia bem da cabeça. O rapaz piscou para ela! Do outro lado da mesa!

A jovem tinha certeza de que ele piscara apenas porque sabia tão bem quanto ela que a terrina de carne era terrível. Infelizmente, no entanto, Rebecca percebeu a piscadela e a interpretou mal, lançando um olhar de acusação para a prima. Como se houvesse alguma chance de Victoria estar interessada em Jacob Carstairs após tudo que havia comentado no quarto!

Se o Capitão Carstairs notou o olhar hostil de Rebecca para Victoria, não o demonstrou. Em vez disso, disse para a menina mais velha:

— Srta. Gardiner, que lindo vestido está usando esta noite. Não acredito que o tenha visto antes.

Rebecca pareceu esquecer imediatamente a implicância com a prima e sorriu na direção do rapaz.

— Ah, obrigada, capitão.

— Não é dela — anunciou o pequeno Jeremiah do chão, onde estava sentado com os irmãos. O menino revirava os itens que acharam no fundo da sacola que o Capitão Carstairs havia deixado cair, o que incluía cabeças encolhidas e patas de macacos, caso fosse possível acreditar nos gritos de felicidade das crianças, embora Victoria realmente duvidasse de que uma cabeça encolhida de verdade tivesse passado pela alfândega. — É da prima Vicky.

Rebecca ficou instantaneamente num tom carmim muito forte, e Victoria proferiu uma reza curta e silenciosa agradecendo ao Senhor por ter levado seus pais antes que tivessem a chance de lhe dar irmãos.

— Ah — disse o Capitão Carstairs. — Claro. Prima Vicky. E acredito que a prima Vicky esteja gostando de Londres?

O que Victoria queria mesmo era derramar o prato de terrina de carne na perna do atraente rapaz. No entanto, apenas comentou:

— Tem sido tolerável; até agora. — Ela esperava que ele entendesse que o *até agora* significava até a chegada dele à mesa de jantar dos Gardiner, como era sua intenção.

Mas, caso tivesse entendido daquela forma, o Capitão Carstairs não o demonstrou. Em vez disso, pegou a taça de vinho Madeira que Perkins servira e a ergueu na direção da jovem.

— Gostaria de propor um brinde — disse ele. — À encantadora Lady Victoria.

— Um brinde — comemorou a Sra. Gardiner, levantando a taça também. — Estamos tão contentes por, enfim, tê-la na Inglaterra novamente, minha querida. Fazia muito, muito tempo.

O Sr. Gardiner não disse nada além de "Hmmm" e levou o copo abaixo de novo.

Mas o jovem capitão não havia terminado:

— Que ela cause uma boa impressão na sociedade londrina — continuou Jacob, ainda olhando firmemente para Victoria, que estreitou os olhos para ele, advertindo-o, ao sentir uma sensação ruim de repente. Porém, o rapaz não deu atenção ao aviso. — E que não nos esqueça quando for, como em breve será pelo que entendi, a nova Lady Malfrey.

Capítulo 4

— Você fez aquilo de propósito — acusou Victoria.

— Juro que não — respondeu o Capitão Carstairs, com uma risada despreocupada, o que deixou a jovem ainda mais furiosa.

— Não jure — bufou Victoria. — Não é educado.

— OK, *prometo* então.

Jacob Carstairs parecia estar irritantemente tranquilo e contido. Como ousava ter tanta calma enquanto ela fervilhava de raiva?

Victoria queria só ver se o rapaz pareceria tão arrogante assim quando ela acabasse com ele. Fora absurdamente idiota da parte de Jacob Carstairs convidá-la para dançar, mesmo sabendo muito bem que a jovem ainda estava revoltada por ele ter revelado o segredo do noivado aos tios. Como uma semana inteira se passara desde o incidente, ele devia achar que sua ira já tinha diminuído.

Que homem tolo! Certa vez Victoria ficara zangada com seu tio Henry por um mês inteiro, e *aquilo* havia sido simplesmente porque ele usara um de seus melhores xales para limpar pistolas depois de um duelo.

O Capitão Carstairs, por sua vez, arruinara a vida de Victoria.

Tampouco ela sentia que estava exagerando. Desde a declaração descuidada do rapaz na noite do jantar, a vida da jovem havia se tornado um pesadelo. Sua tia não a deixava em paz com relação ao assunto do noivado. Não parecia conseguir dar um passo sem ouvir que Lorde Malfrey era isso ou aquilo. Ela queria tanto que o noivo se apressasse e retornasse de Lisboa, assim poderia pedir a ele para falar com os parentes dela — ou no mínimo poderia convencê-lo a se casar escondido logo para afastá-la da companhia destes para sempre. Pois a família estava levando Victoria à loucura com advertências e preocupações sem importância.

Por acaso tinham alguma coisa a ver com a escolha da jovem sobre o próprio noivo? Se quisesse se casar com um faquir indiano, quem eram eles para impedir? Pelo amor de Deus, os tios de Victoria a tinham enviado à Inglaterra com instruções para que achasse um marido. Bem, ela o achara... e simplesmente não existia noivo mais exemplar. Lorde Malfrey era tudo que havia de mais admirável, além de um cavalheiro completo — inteligente, educado, atencioso e muito, muito bonito.

Então, qual era o problema?

— Vocês só se conhecem há poucos meses — argumentou sua tia. No entanto, diversas pessoas que se conheciam por muito menos tempo do que apenas poucos meses se casavam. Ora, na Índia, na maioria das vezes, a noiva sequer conhecia o futuro marido até o dia do casamento! E lá estava Victoria, que passara três meses inteiros no navio conhecendo o dela! Portanto, "vocês só se conhecem há poucos meses" não era um argumento válido.

A jovem sabia que a tia só estava incomodada porque a sobrinha conseguira arrumar um marido antes da filha dela. O que não era uma situação inteiramente justa, pois Rebecca tinha apenas seu belo rosto para torná-la desejável, porém nenhuma fortuna. E Victoria estava totalmente consciente de que uma parte da atração de Lorde Malfrey por ela se devia a sua herança. Ela não o culpava por isso. Afinal, os homens precisavam sobreviver tanto quanto as mulheres.

Mas Victoria também tinha noção de que Lorde Malfrey sequer teria perdido tempo com ela, e nem teria ficado sabendo de sua fortuna, caso a jovem tivesse uma cara de cavalo ou até mesmo, que Deus a livre, se fosse ruiva. Ele a teria rejeitado sem pestanejar. O dinheiro tornava as coisas mais fáceis certamente, porém Hugo Rothschild sentira-se atraído primeiro por sua personalidade, e *então* pelo bolso.

E o que havia de errado com aquilo? O que era um casamento senão uma transação de negócios? Victoria não conseguia deixar de achar que o modo indiano de cortejo e casamento fazia mais sentido que o jeito inglês de lidar com a questão. Na Índia, geralmente os pais decidiam no momento do nascimento com quem os filhos se casariam. Quando o menino e a menina atingiam a idade do matrimônio, certas transações ocorriam, normalmente envolvendo bens de algum tipo. Algumas garotas valiam muitos bens; outras, apenas uns poucos. Depois das trocas, o casal se unia no sagrado matrimônio, todos iam para casa com os bens distribuídos, e ponto final.

Na Inglaterra, era certamente mais complicado. Nenhum acordo de casamento era feito por parte dos pais das crianças. Em vez disso, mães e pais mantinham as filhas longe de todos até o aniversário de 16 ou 17 anos, quando então as jovens eram repentinamente jogadas na sociedade. Victoria aprendera que elas eram chamadas de "debutantes" e exibidas aos solteiros elegíveis ao casamento, que por acaso estavam na cidade, e não nas propriedades de campo, caçando perdiz, como sempre tinham feito nos invernos. Aí os homens solteiros decidiam quais das muitas meninas eles gostavam e, em seguida, qual delas tinha o maior dote.

O modelo inglês de cortejo parecia completamente bárbaro — e injusto com as meninas, achava Victoria. E se uma garota não fosse atraente ou se fosse pobre? Quem iria se casar com ela, então? Talvez a pior parte do ritual de namoro inglês fosse um lugar chamado Almack, que a jovem descobrira pouco depois da chegada em solo britânico. Não era nada além de um lugar com uma série de grandes cômodos usados para danças e para exibir os novos vestuários da primavera. Era frequentado às quartas-feiras à noite por qualquer um que fosse alguém na sociedade londrina. Para Victoria, o Almack era um pesadelo de aglomeração humana. Aquilo a fazia sentir saudades das praças de mercado abertas e arejadas de Jaipur, onde ocasionalmente havia festivais, quando não era a temporada de monção, aos quais todos das cidades vizinhas compareciam. Como ela sentia falta dos sáris cintilantes, dos engolidores de fogo, das comidas altamente apimentadas!

Não havia nada semelhante no Almack. Havia biscoitos velhos, ponches sem graça e conversas ainda mais sem graça. Não tinha nenhum engolidor de fogo nem sequer um único elefante.

A total falta de qualquer distração tornava a presença de Jacob Carstairs surpreendentemente bem-vinda. De acordo com Rebecca, ele não era um frequentador assíduo do Almack. Contudo, na primeira visita de Victoria, lá estava o rapaz, com um traje noturno de ótima aparência, embora o colarinho ainda estivesse irritantemente baixo — era o mais baixo do salão, de verdade. Victoria lançara um olhar indiscreto para a prima ao notar aquilo, como se dissesse: *Está vendo? O que foi que eu disse? Nenhum respeito pela moda.*

Ainda assim, com o colarinho fora de moda ou não, o Capitão Carstairs cumprimentou ambas as garotas muito cordialmente e as convidou para uma dança — para a felicidade de Rebecca e para o desgosto de Victoria. Se o rapaz acreditava que ela se esqueceria submissamente da humilhação pela qual passara na semana anterior, ele teria uma desagradável surpresa.

— Você sabia que eu ainda não tinha contado a meus tios sobre o noivado com Lorde Malfrey — disse Victoria, conforme o capitão a tirava para a dança prometida. — Admita. Queria fazer uma cena.

— E foi o que fiz — comentou ele, sem nem se esforçar para disfarçar o sorriso contente ao se lembrar da tia de Victoria caindo desmaiada enquanto as filhas tentavam revivê-la. A reação do tio não fora nem de perto tão gratificante. Ele simplesmente pedira um uísque a Perkins.

— Bem, não acho que seja razão para se sentir orgulhoso — retrucou Victoria seriamente. — Você criou o maior rebuliço na casa.

— *Eu*, não — rebateu Jacob. — Afinal, *você* que queria se casar com um homem não aprovado por sua família, e não eu. Apenas os informei sobre a situação. Matar o mensageiro não vai ajudar em nada.

— Minha família não desaprova Lorde Malfrey — declarou Victoria. — O que eles não apoiam é que eu me case tão rapidamente após minha chegada. Embora não possam fazer nada com relação a isso.

O rapaz levantou uma única sobrancelha escura.

— Não?

Ela balançou a cabeça arrogantemente.

— Dificilmente! O que poderiam fazer? Eles não controlam meu dinheiro; eu o controlo. Posso fazer o que quiser.

— E o que quer — disse Jacob — é se casar com Hugo Rothschild. Um homem que mal conhece.

— Por que todo mundo fica repetindo isso? — Victoria balançou a cabeça sem entender. — Eu o conheço muito bem. Estive com ele um mês a mais que estive com você no *Harmonia*, deve se lembrar disso.

— Como se eu pudesse me esquecer — declarou ele de forma evasiva, para então indagar: — E o que será que Lorde Malfrey, um cavalheiro passando por dificuldades financeiras pelo que sei, estava fazendo em Bombaim, hein? Você se preocupou em perguntar em algum momento?

— É claro que sim — respondeu a jovem. — Lorde Malfrey cuidava da venda de uma propriedade deixada para ele por um parente distante.

— Na *Índia*?

— Correto. — Victoria se perguntou por que se dava o trabalho de explicar os negócios do noivo àquele homem que parecia nutrir sentimentos absurdamente possessivos em relação a ela, embora não fosse nem mesmo de sua família. — E agora ele está em Lisboa comprando com os lucros uns retratos de família dos quais foi forçado a se desfazer há alguns anos, quando passava por outras dificuldades financeiras.

Jacob Carstairs parecia enojado.

— Minha nossa! — exclamou ele. — E você quer mesmo se casar com esse sujeito? Que pelo visto mal consegue manter os assuntos pessoais em ordem.

— É claro que não consegue — retrucou Victoria. — Por isso precisa de mim.

— Você quer dizer para pagar as contas — comentou o capitão, grosseiramente.

— Para ajudá-lo a organizar a vida — corrigiu a jovem.

Contudo, ao ouvir a gargalhada de Jacob Carstairs, arrependeu-se imediatamente de ter sido sincera, pois ele disse:

— Meu Deus, quase tinha esquecido. É claro que um sujeito assim iria atrair uma moça abelhuda como você. Afinal, há realmente muito nele que precisa melhorar.

Victoria lançou um olhar significativo ao colarinho do rapaz e respondeu:

— Eu consigo pensar em algumas coisas que gostaria de melhorar em *você*.

— Agora tudo fez sentido. — Pelo visto, ele não notou a direção do olhar dela, nem ouviu a observação. — Os Hugo Rothschild do mundo são irresistíveis a todas as Srtas. Abelhudinhas como você. Diga, pretende começar por onde? As finanças dele, claro, estão em condições lamentáveis. Mas, se eu fosse você, começaria pela mãe. Pelo que sei, é uma mulher terrível.

— Vou dizer por onde começaria com você — disparou Victoria num tom agudo. — Você precisa aprender a manter...

— Hm, não — interrompeu Jacob, levantando o dedo em advertência. — Nós dois não estamos noivos. Portanto, não terei o privilégio de receber um de seus discursos de aperfeiçoamento, por mais esclarecedores que sejam. Precisará guardar seu sermão para quando não estiver comprometida.

Embora a dança tivesse terminado abruptamente, o rapaz se esqueceu de curvar-se em resposta à reverência de Victoria. Em vez disso, apenas ficou parado ali, fitando-a com uma expressão bastante surpresa.

— O quê? — perguntou ele, aparentemente sem se dar conta de que todos os casais, com exceção deles, retiravam-se da pista de dança. — Ainda pretende fazer isso?

— Isso o quê? — indagou Victoria, achando o capitão um pouco devagar para alguém responsável por uma linha de navegação tão valiosa. — Meu casamento com Lorde Malfrey? Ora, certamente. Você já foi informado com relação a isso, não?

— Mas... seus tios — gaguejou Jacob. — Vi a maneira como reagiram à notícia. Com certeza não... não deram permissão para que se case com ele.

— É claro que não. — Ora, realmente, ela quase sentia pena do rapaz, pois ele não estava assimilando bem a informação de que seu pequeno projeto para acabar com o futuro de Victoria havia falhado. Ela mesmo, que também frequentemente arquitetava esquemas, aprendera a levar na esportiva quando os planos davam errado. — Mas não preciso de permissão para me casar. Tenho idade suficiente e posso fazer o que quiser. Eles podem não aprovar, mas não podem impedir.

— Então ainda está noiva dele? — questionou Jacob. — E pretende continuar assim?

— Sim — confirmou Victoria. — Por que não deveria?

— Porque Hugo Rothschild — soltou o Capitão Carstairs — é um patife!

Que calúnia! A jovem jamais ouvira uma mentira tão descarada na vida. E duvidava de que o Almack já tivesse sido palco desse tipo de difamação, pelo menos se levasse em consideração a forma como todos encaravam os dois, parados no centro do salão, de frente um para o outro — embora Victoria, na verdade, batesse na altura do peito do capitão.

— Um patife! — repetiu ela sarcasticamente. — Gostei disso! Se isso for verdade, diga lá, o que é você nessa história, capitão?

— Um amigo preocupado — retrucou Jacob, com os dentes trincados.

— Ha! — Victoria riu na cara dele. — E que tipo de amigo, Capitão Carstairs, sai por aí tentando destruir a única chance de felicidade de alguém?

— Se Hugo Rothschild é sua única chance de felicidade — ironizou o rapaz com rispidez —, então eu sou um músico que toca realejo!

Victoria estreitou o olhar, encarando-o.

— Nesse caso, parece que se esqueceu de seu macaco — informou ela.

— Isso — disse Jacob Carstairs, afastando-se dela de repente e saindo da pista de dança — é intolerável. Onde está seu tio?

Consciente dos olhares que estavam atraindo, a jovem apressou-se atrás do capitão, sendo preciso correr um pouco para alcançar os largos passos masculinos dele.

— O que quer com meu tio? — perguntou ela curiosamente. — Já disse que ele não pode me impedir de casar com quem quer que seja.

— Há! — respondeu ele, com um certo desdém. — Veremos.

Bastante interessada naquela reviravolta, Victoria o seguiu, sem notar que Rebecca também ia atrás até a ouvir chamando seu nome.

— Vicky!

Ela virou o rosto e viu a prima aproximando-se rapidamente.

— Ah — disse Victoria. — Olá.

— O que está acontecendo? — indagou a menina. — Sobre o que você e o capitão discutiam no salão de dança? Todos estavam olhando! Eu morri de vergonha por você.

— Era apenas sobre Lorde Malfrey — informou Victoria, dando de ombros.

— Lorde Malfrey? — Esplendorosa com outro vestido que pegara emprestado da prima, Rebecca estava mais linda que nunca, mesmo no calor abafado do salão lotado. — Ai, minha nossa, o Capitão Carstairs o detesta.

— Eu sei — afirmou Victoria. — Ele foi falar com seu pai, porque acha que tio Walter pode fazer alguma coisa para me impedir de casar com Hugo.

Rebecca se esticou para segurar o braço de Victoria, de modo que ela não pudesse sair correndo atrás do rapaz agitado.

— Ele o *quê*? — perguntou a jovem um pouco alto demais.

— Ele acha que pode me impedir de casar com Lorde Malfrey — explicou Victoria. Céus, sua prima era meio lenta para entender as coisas mais simples às vezes. — Venha, Becky. Se não corrermos, vamos perder toda a diversão!

— Diversão! — Rebecca parecia tão chocada quanto se tivesse levado um beliscão. — É isso que acha? Que é uma *diversão*?

Por mais que estivesse ansiosa e não quisesse perder um momento do que prometia ser um espetáculo engraçado — isto é, o Capitão Carstairs criticando o tio de Victoria —, ela não pôde deixar de notar um lampejo de raiva nos olhos azuis da prima.

— Ora, Becky — disse ela, perguntando-se o que poderia possivelmente ter deixado a menina chateada. Pois, durante a estada de uma semana com os Gardiner, Victoria reparara que Rebecca tinha um temperamento volátil e uma certa tendência a ser dramática. — Qual é o problema?

— Não é óbvio? — disparou ela.

Victoria só podia deduzir, devido à cor vívida no rosto da prima, que ela passava por algum tipo de desconforto físico. Então perguntou, solícita:

— Seu espartilho está apertado demais? Eu avisei a Mariah...

— Não! — Rebecca ficou ainda mais vermelha ao ouvir falar do corpete. — Meu Deus, Vicky, você é completamente idiota? Não consegue ver o que está acontecendo?

Victoria piscou.

— Pelo visto, não — respondeu ela. — É melhor você me contar.

Rebecca bateu os pés.

— Nossa, você é a garota mais irritante do mundo! Não percebe? Ele está apaixonado por você!

Victoria piscou mais algumas vezes.

— Quem?

— O Capitão Carstairs!

Capítulo 5

Victoria soltou uma boa risada.

— Ai, Becky! — exclamou ela. — Você *é* mesmo engraçada. Pare de fazer piada e vamos lá assistir ao embate do capitão com seu pai. Com certeza vai ser divertido.

— Eu *não* estou fazendo piada — retrucou a prima, apertando o braço de Victoria com mais força, de modo que realmente começasse a machucar. — O Capitão Carstairs está apaixonado por você!

— Becky. — Percebendo naquele momento que Rebecca falava sério, a jovem se esforçou para não sorrir. Sabia que não seria uma boa ideia rir na cara da prima, que era uma menina séria. Ainda assim, *era* engraçado! Imagine: o Capitão Carstairs, que aparentemente nunca conseguia nem olhar para Victoria sem ver um defeito e, então, comentar sobre aquilo, apaixonado por ela! *Ha, que piada!*

O que não era uma piada, no entanto, era como Becky estava se sentindo. A menina mais velha estava com raiva — com muita raiva —, e Victoria não podia culpá-la. O comportamento do capitão *era* extremamente irritante... especialmente por ser tão peculiar. Jacob Carstairs não dava a mínima para ela.

Mas Victoria conseguia entender que as ações do rapaz podiam ser mal interpretadas. O que só a deixava mais convencida de que precisava encontrar um cavalheiro mais merecedor do interesse de sua prima que aquele terrível Jacob Carstairs.

— O capitão não está apaixonado por mim — explicou a jovem pacientemente. — Na verdade, acho que ele me detesta e já deixou seu desprezo bastante claro.

— Se ele não está apaixonado por você, por que se importa tanto com seu casamento? — indagou Rebecca.

— O Capitão Carstairs não se importa com meu casamento — respondeu ela da forma mais calma possível. Nossa, meninas românticas e de mente criativa, como Rebecca, realmente davam muito trabalho. Victoria estava bem satisfeita por não ter essa imaginação toda, pois assim podia se concentrar em coisas práticas, como planejamento financeiro e gerenciamento doméstico. — Ele só não quer que eu me case com Lorde Malfrey.

— Porque está com ciúmes!

— Porque o Capitão Carstairs tem algum preconceito absurdo contra Lorde Malfrey — disse Victoria. — Não sei por quê. Tem algo a ver com o fato de o coitado não ter dinheiro. Ele chegou ao ponto de chamá-lo de patife.

Rebecca parecia devidamente chocada.

— Não acredito!

— Pois é, chamou. Se isso não é o roto falando do esfarrapado, eu não sei o que é.

— Ai, Vicky — comentou Rebecca, os olhos azuis arregalados, parecendo uma flor miosótis. — O Capitão Carstairs está tão longe de ser um patife quanto... bem, quanto papai!

— Pense como quiser — declarou Victoria, sem querer discordar vigorosamente da prima, como gostaria, e deixá-la ainda mais irritada. Mas realmente precisaria encontrar, e logo, um rapaz agradável para Rebecca, ou jamais pararia de ouvir falar de Jacob Carstairs. — Sinceramente, Becky, não tem com que se preocupar em relação ao Capitão Carstairs e eu. Somos inimigos e só. Veja, acredito que ele me odeia tanto quanto eu o odeio.

Aquilo a acalmou um pouco.

— Ele *parece* mesmo odiar você — admitiu Rebecca, com relutância —, pelo jeito como sempre a critica. Por exemplo, no jantar da semana passada, quando riu de sua ideia de que deveriam permitir que mulheres executassem operações militares nos gabinetes do Palácio de Whitehall.

— Está vendo? — concordou Victoria, embora não achasse aquela lembrança tão reconfortante quanto sua prima visivelmente achava. Realmente acreditava que, se ao menos o Império Britânico reconhecesse que sua capacidade de organização era superior, ela poderia facilmente resolver meia dúzia dos conflitos exteriores mais urgentes até a hora do chá das cinco. Ainda assim, a jovem reprimiu o protesto mais uma vez e disse: — Se ele estivesse apaixonado por mim, teria gargalhado tanto?

— Não — concordou Rebecca. — E certa vez ouvi o capitão falar para mamãe que preferia meninas quietas e sensíveis como eu. Todo mundo sabe que *você* não é nada sensível.

Victoria, que achava que sensível era apenas um jeito educado de descrever meninas que eram incapazes de cuidar delas mesmas, não se surpreendera ao ouvir que Jacob Carstairs gostava de jovens assim. Ele parecia ser o tipo de sujeito que preferiria uma moça que desmaiasse ao ver sangue, como Victoria tinha certeza de que Rebecca o faria, a uma que o estancasse calmamente com um lenço de bolso, como Victoria fizera quando seu tio Jasper passou a própria baioneta sem querer pelo dedão.

— Hmm — disse ela. — Sim. Então não percebe, Becky? O Capitão Carstairs não pode de forma alguma estar apaixonado por mim.

— Mas se é esse o caso — retrucou Rebecca, com um último olhar suspeito —, por que ele está sempre a observando? Pois ele está, Vicky. Sempre que acha que você não está vendo, ele olha e olha. Fez isso no jantar e tem feito aqui a noite toda. Mesmo enquanto dançava comigo, ficou a observando do outro lado do salão!

Victoria colocou a mão sobre uma das mangas bufantes da prima para reconfortá-la.

— É claro que ficou — comentou ela gentilmente. — Porque ele está se perguntando como é possível que duas primas sejam tão diferentes. Garanto que olhou para mim questionando: "Mas por que Lady Victoria não pode ser mais parecida com sua bela prima? A Srta. Gardiner jamais permitiria que sua perfeita pele de porcelana ficasse tão queimada com o sol. A Srta. Gardiner jamais diria à empregada que, se a pegasse dobrando os vestidos de seda em vez de pendurá-los, iria demiti-la. A Srta. Gardiner jamais levaria a cozinheira às lágrimas lhe criticando duramente a terrina de carne.

A expressão sombria de Rebecca ficou mais alegre.

— Nossa, nunca pensei nisso dessa forma. Está absolutamente certa, Vicky. O Capitão Carstairs não poderia estar apaixonado por você. Você é tão intrometida.

Aquilo não era exatamente o que Victoria queria ouvir, mas pelo menos sua prima tinha parado de encará-la com tanta maldade, o que definitivamente era um alívio.

— Ótimo — disse a jovem. — Agora vamos lá ver o que seu pai dirá quando Jacob Carstairs perguntar por que ele não me proibiu de casar com Lorde Malfrey.

Rebecca resistiu um pouco — dizendo que não era correto espiar cavalheiros, especialmente o próprio pai —, mas por fim Victoria conseguiu arrastá-la pelo salão, causando uma boa agitação e uma quantidade de expressões de reprovação na galeria das matronas, que apenas observavam aquele comportamento pouco ortodoxo nos salões sagrados do Almack. Pelo visto, a opinião comum entre as senhoras — e por Londres inteira — era que Lady Victoria Arbuthnot parecia ser uma pessoa difícil. A maioria das matronas da sociedade morria de pena de Beatrice Gardiner, que ficara encarregada de uma menina tão cabeça-dura.

No entanto, ao mesmo tempo, elas não conseguiam deixar de sentir uma certa inveja da mãe de Rebecca, pois a forma como sua sobrinha havia lidado com a cozinheira dos Gardiner já se tornara lendária. A descrição do rosto pálido de Victoria ao ser servida de terrina de carne duas noites seguidas tinha alcançado as melhores cozinhas de Londres, com a fofoca correndo pela ala dos criados e chegando finalmente ao andar de cima, aos aposentos das anfitriãs mais requintadas de Mayfair. O pedido silencioso da jovem para ser dispensada, a caminhada subsequente até a porta coberta de feltro que dava para a cozinha e as instruções educadas, porém firmes, para que a cozinheira dos Gardiner jamais — *jamais* — servisse terrina de carne naquela casa novamente ou iria sofrer as consequências. Muitos cozinheiros, que por anos tinham aterrorizado os patrões com ameaças de pedir demissão caso a comida fosse criticada, ficaram impressionados a ponto de tremer de pavor. O aviso já fora passado: só aqueles de coração forte e mãos firmes ao segurar um pincel de cozinha deveriam se candidatar à vaga na casa da nova Lady Malfrey.

É claro que ninguém culpava Beatrice pela reputação da sobrinha. Afinal, a jovem era órfã e tivera o infortúnio de ser criada na Índia, como uma pequena pagã, pois, para todos os efeitos, a menina fora ignorada pelos tios até que suas críticas estivessem altas demais para que não a notassem. Então Victoria foi despachada imediatamente para que a irmã pobre dos cavalheiros cuidasse dela. Era mesmo uma pena, considerando que sua querida mãe tinha sido uma criatura muito bela e gentil... Tão gentil, na verdade, que teria sido incapaz de lidar com os criados...

Infelizmente o discurso de Jacob estava terminando quando Victoria e a prima se aproximaram.

— Na melhor das hipóteses, senhor, sua sobrinha será rebaixada ao nível desse rapaz — declarava o capitão.

— E, na pior, sua reputação ficará arruinada e ela não poderá dar as caras em nenhum lar decente de Londres.

Victoria lamentou amargamente ter perdido o começo do discurso, que parecia muito eloquente.

— Er — respondeu o pai de Rebecca. — Hmmm. Ah.

— Rebata, tio Gardiner — estimulou a sobrinha, com entusiasmo. — Diga a ele para cuidar do próprio umbigo.

Mas seu tio ficou apenas com o rosto muito vermelho, murmurou algo sobre ir atrás do ponche e saiu. Jacob Carstairs se virou para Victoria com os olhos brilhando — realmente brilhando, como os olhos de um tigre pronto para atacar — e disse num tom grosseiro e determinado:

— Se sua família não vai fazer nada para impedir essa união completamente insensata, posso garantir que eu vou.

— Ai, Capitão Carstairs — comentou Rebecca, piscando os olhos com veneração para o rapaz. Sinceramente, Victoria teria mesmo que colocar um ponto final o quanto antes nessa fixação absurda da prima. — É tão gentil de sua parte se importar tanto com o bem-estar de minha prima.

Então, naquele momento, Jacob Carstairs, que dera a impressão de estar lívido de raiva, pareceu lembrar-se de si e, deixando de lado a expressão furiosa, sentiu-se um pouco envergonhado... como deveria, pensou Victoria com alguma satisfação.

— Realmente aprecio sua preocupação com meu futuro — disse ela um pouco decepcionada, pois pelo visto aquela seria toda a agitação que veriam. — Mas posso garantir que não há nada a temer. Tenho total capacidade de tomar minhas próprias decisões, capitão. Venho fazendo isso a vida inteira, sabia?

O Capitão Carstairs apenas balançou a cabeça.

— Há perigos aqui na Inglaterra com os quais nunca sonhou, milady. E não estou falando de escorpiões nem de areia movediça. Tampouco — completou ele num tom ainda mais ameaçador — de terrina de carne duas noites seguidas.

A advertência soou excitantemente perigosa... o suficiente para acelerar o pulso de Victoria, que se inclinou na direção de Jacob Carstairs com ansiedade.

— O que quer dizer? — perguntou ela sem fôlego. — Capitão Carstairs, sabe de algo sobre meu noivo que eu não sei?

Mas o rapaz acabou com suas esperanças de descobrir que Lorde Malfrey tinha alguma deformidade escondida, ou um irmão gêmeo com quem trocava de lugar de vez em quando, ao responder:

— Apenas que ele não é um homem digno.

Aquela resposta era tão decepcionante que Victoria revirou os olhos.

— É só isso? — perguntou ela.

— Não é suficiente? — demandou o Capitão Carstairs, com as sobrancelhas escuras franzidas.

Rebecca, que estivera por perto o tempo todo, intrometeu-se:

— É uma acusação muito séria, Vicky. Certamente o capitão não a fez levianamente.

— Tenho certeza de que está certa — respondeu a jovem, para não machucar os sentimentos da prima. Contudo, não se impressionou nem um pouco com a advertência do capitão.

Ora, os tios frequentemente haviam acusado homens sob seu comando de não serem nada dignos. Mas as acusações quase sempre vinham dos crimes mais idiotas, como não manter as amantes vivendo em grande estilo ou deixar de dar água para os cavalos após uma longa cavalgada. Provavelmente Jacob Carstairs teria uma acusação igualmente sem graça para jogar contra o conde, e, para dizer a verdade, ela não poderia estar menos interessada.

— Então — disse Victoria, após achar que tempo suficiente passara a fim de que Rebecca e o Capitão Carstairs a julgassem devidamente disciplinada. — Que tal irmos à janela jogar biscoitos para os cachorros? — Pois, para a jovem, aquela era a atividade mais divertida que o Almack tinha a oferecer. Ela havia notado alguns dos meninos mais novos entretidos com aquilo, e os invejara bastante.

Rebecca e Jacob Carstairs trocaram olhares.

— Vicky — começou sua prima —, acho que não entendeu muito bem o que o capitão está tentando dizer.

Victoria revirou os olhos novamente. Meu Deus, qual era o problema dos ingleses? Eles repetiam as coisas mil vezes — e não as coisas certas. Sinceramente, se não fosse por ela, os Gardiner teriam comido terrina de carne todo dia da semana sem dar um pio a respeito. No entanto, com relação a uma coisa tão insignificante como com quem ela iria se casar, ninguém conseguia ficar de boca fechada.

Era tudo culpa do Capitão Carstairs, é claro. *Que homem detestável!* Victoria teria que arranjar um novo candidato para Rebecca amar, e rápido. Ela notou que havia um jovem louro aparentemente promissor próximo a elas. Ao reparar com aprovação que seu bigode era bem aparado e que o colarinho estava na altura certa, a jovem jogou sorrateiramente o leque em sua direção, então olhou para o pulso vazio com horror e exclamou:

— Meu leque! Ai, Becky! Perdi meu leque!

Rebecca, sempre supersensível a calamidades como aquela, imediatamente levantou a bainha para vasculhar o chão.

— Você o tinha agora pouco — assegurou ela. — Tenho quase certeza.

— Ai, se tiver sido esmagado — lamentou Victoria —, vou ficar arrasada! Verdadeiramente arrasada!

Ela sabia que o Capitão Carstairs a observava com uma expressão incrédula no rosto, uma sobrancelha erguida e a outra franzida em desaprovação. Mas Victoria o ignorou firmemente, mantendo a atenção no chão conforme "procurava" pelo leque.

— É isto que procura, milady? — perguntou o cavalheiro louro, sorrindo ao estender o leque, que ele dobrara ao recuperá-lo do local onde tinha caído perto de seus pés.

— Ah, aí está! — exclamou Rebecca, contente. — E, veja, Vicky, ninguém pisou nele.

Victoria recebeu o objeto com um olhar de gratidão ao rapaz.

— Você é muito gentil, senhor — comentou ela. — É bom saber que há ainda *alguns* cavalheiros na Inglaterra. — A jovem lançou um olhar sombrio na direção de Jacob Carstairs. — Poderia saber o nome do gentil cavalheiro que me salvou?

O homem corou de forma charmosa.

— Abbott, milady — informou ele. — Charles Abbott.

— É um prazer conhecê-lo, Sr. Abbott — disse Victoria, aliviada por Charles Abbott comprovar que não era gago nem tinha qualquer problema na fala. Ela decidiu que ele serviria muito bem para Rebecca, pois, olhando apressadamente, reparou que o rapaz tinha um anel de sinete, mas não usava uma aliança, o que significava que o homem tinha alguma fortuna, porém não uma esposa. — Eu sou Lady Victoria Arbuthnot, e esta é minha prima, a Srta. Rebecca Gardiner. — Rebecca curvou-se graciosamente em resposta ao cumprimento de Charles Abbott. — Ah — acrescentou ela num tom de indiferença proposital —, e este é o Capitão Jacob Carstairs.

Charles Abbott cumprimentou rapidamente o capitão ao ser apresentado a ele, mas seu olhar, observou Victoria com aprovação, estava em Rebecca, que realmente estava linda com as roupas elegantes da prima.

— Ela gosta de óperas e do trabalho do Sir Walter Scott — sussurrou Victoria, fingindo que tirava um fiapo dos ombros largos do rapaz.

O cavalheiro provou que era tão rápido quanto bonito, pois em seguida comentou:

— Por acaso conheceria *O canto do último trovador*, Srta. Gardiner? Pois há uma questão ali que estes senhores e eu achamos extremamente intrigante...

Victoria notou que sua prima parecia bem satisfeita, porém não escutou a resposta dela, porque Jacob Carstairs se inclinou e disse com bastante clareza em seu ouvido:

— Bruxa.

Ela não teve escolha a não ser sentir-se ofendida por aquela avaliação injusta de sua pessoa.

— Perdoe-me, senhor — disse ela, soltando o ar. — Mas não sei o que quer dizer com isso.

— Você conduz relacionamentos do mesmo modo que Napoleão conduzia suas tropas — explicou o rapaz, não inteiramente sem aprovação.

Victoria abriu o leque.

— Bobagem — retrucou ela, abanando-se energicamente, mas ainda mantendo o olhar cuidadoso na prima e no novo admirador desta.

— Por acaso os Gardiner sequer têm consciência — indagou Jacob — de como você mudou a vida deles para atender a sua? Pelo que sei, a cozinheira morre de medo de servir qualquer coisa que não seja lagosta com linguado, que pelo que eu me lembro era seu prato preferido no *Harmonia*, e os Gardiner mais novos começaram a agir como pequenos cavalheiros e madames porque você prometeu lhes comprar um macaco caso se comportassem.

— Não tenho a menor ideia do que você está falando — informou Victoria despreocupadamente.

— Imagino que esse seja seu plano com Hugo Rothschild — continuou o capitão. — Pretende transformá--lo em um autômato, assim como fez com as crianças Gardiner.

— Autômato? — repetiu a jovem, bufando. — Cresça, capitão. O que Lorde Malfrey faria com um macaco? Que bobagem.

— Não é bobagem — retrucou ele.

Algo sobre o modo como Jacob Carstairs a fitava fez com que Victoria começasse a se sentir extremamente desconfortável. Aqueles olhos cinzentos sabiam coisas demais, e brilhavam demais, para que ela ficasse com a consciência tranquila. Ora, pelo modo como olhava para ela, era quase como se... bem, como se pudesse ler seus pensamentos! Ler os pensamentos ou olhar para dentro do espartilho, a jovem não sabia bem qual dos dois. De qualquer modo, aquilo a fazia sentir que o salão estava quente demais, e era verdade, e que o corpete estava muito apertado, o que não ocorria. Era curioso que um homem que ela detestava tão completamente como o Capitão Carstairs pudesse fazê-la se sentir tão... bem, vulnerável.

Um segundo depois, quando o rapaz a advertiu, Victoria teve certeza de que ele podia ler seus pensamentos.

— Um dia, Lady Victoria, você vai conhecer um homem cuja vontade não poderá ser moldada para se adequar a seus interesses. E não estou falando de Lorde Malfrey. Digo um homem de verdade. E quando isso acontecer...

Victoria levantou as sobrancelhas.

— Sim? — perguntou ela.

— Você vai se apaixonar por ele — completou Jacob Carstairs, com poucas palavras.

A jovem não pôde deixar de dar uma gargalhada.

— Ai, capitão! — exclamou ela, balançando a mão para impedi-lo de continuar falando, pois, caso continuasse, Victoria certamente morreria de tanto rir. — Você é tão cômico! Como se eu pudesse amar outra pessoa além de Hugo!

Mas Jacob Carstairs permaneceu absolutamente sério. Ele a encarou gravemente com aqueles olhos da cor de um mar cinzento, quase como se sentisse pena dela — ela não achava que imaginara aquilo.

Pena! *Dela*! Lady Victoria Arbuthnot, que tinha quarenta mil libras! Era *mesmo* absurdamente hilário.

— Você não o ama — afirmou Jacob com seriedade. — Não é possível.

Naquele momento, um lampejo desviou a atenção de Victoria. Ela não saberia dizer o que exatamente a fez virar o rosto. Tudo o que sabia era que, apesar de achar realmente muito interessante o que Jacob Carstairs dizia, ela não conseguia manter o olhar no rosto do rapaz. Em vez disso, olhou por sobre o ombro para a porta do salão onde os dois estavam...

E se viu encarando o homem mais belo que já vira. De vestimenta de gala, cabelos dourados, maxilar marcado e um sorriso só para Victoria.

— Ah, não posso, é? — perguntou ela ao capitão com um sorriso radiante.

Então se virou para correr em direção aos braços do noivo que a esperava.

Capítulo 6

— E então? — Victoria rodopiou diante de Lorde Malfrey. — Como estou?

— Está linda — declarou o conde. — Lindíssima.

Ela parou de girar e passou as mãos nervosamente sobre a saia de musselina para alisá-la. Era muito bom ter a confirmação do noivo, mas a jovem achava que precisava de uma opinião menos subjetiva.

— Becky? — perguntou ela, olhando apreensiva na direção da prima.

No entanto, Rebecca não estava nem aí. Com uma das mãos sobre os olhos — embora o sol estivesse hesitante, ficando em grande parte escondido atrás das nuvens que pareciam cobrir eternamente o céu inglês —, a menina observava o gramado verde à frente.

— Não o vejo — comentou ela, consternada. — Tem certeza de que o Sr. Abbott recebeu um convite, Lorde Malfrey?

— É claro que tenho, Srta. Gardiner — respondeu Hugo, rindo. — Eu mesmo coloquei o nome na lista de convidados. Agora diga a sua prima que ela está linda para que possamos nos juntar aos outros.

Rebecca lançou um olhar que só poderia ser chamado de negligente para Victoria.

— Vicky, relaxe — disse ela. — Você está bem.

Mas aquele comentário casual dificilmente seria suficiente para satisfazer a jovem, que passara a manhã inteira em frente ao espelho do quarto, criticando Mariah por não conseguir lhe enrolar o cabelo com perfeição nem desamarrotar o vestido. Nada parecia certo — o penteado preso, o vestido branco de cintura alta, a faixa azul de seda logo abaixo dos seios, os pingentes de safira nas orelhas, brilhando como estrelas, nem mesmo o chapéu de palha azul e branco sobre sua cabeça, que tinha uma aparência simples, porém fora terrivelmente caro.

E Victoria queria que tudo desse certo, pois aquele era o dia com que toda menina sonhava... por mais que também o temesse terrivelmente. Afinal, era o dia em que seria apresentada pela primeira vez à mulher que seria sua sogra.

— Minha mãe vai adorá-la! — exclamara Hugo quando a jovem expressara seus anseios sobre o encontro. — Está louca? Como alguém poderia *não* amar você, Vicky?

Contudo, Victoria não estava tão confiante quanto o futuro marido, pois sabia que em uma casa só podia haver uma senhora, e ela estava determinada a ocupar essa posição no lar de Hugo. Mas e se a viúva Lady Malfrey não permitisse que a nora ficasse no comando?

Bem, simplesmente teriam que se livrar da viúva Lady Malfrey.

Ah, não a matando, é claro. A jovem tinha profunda aversão a violência e, além disso, achava que assassinar alguém era fácil demais — antidesportivo, na verdade. Seria um desafio muito maior apenas convencer a mãe de Hugo dos benefícios de morar em outro lugar. Bath, quem sabe. Ou Portofino. Ouvira dizer que Portofino era adorável...

Ai, mas seria tão melhor se isso não fosse necessário! Seria muito melhor se a mãe de Hugo fosse o tipo de mulher imparcial, sentindo-se feliz em permitir que Victoria assumisse a casa. Ou, melhor ainda, se fosse uma mulher perspicaz, que reconhecesse desde o início as habilidades superiores de organização da jovem e saísse obedientemente do caminho.

De qualquer modo, ela estava prestes a descobrir o que realmente a aguardava. pois Hugo já havia lhe colocado a mão sobre o braço dele para levá-la em direção ao grande grupo que se reunira para um festivo piquenique em homenagem a sua futura esposa, sob um dos maiores carvalhos do Hyde Park.

Quando o rapaz mencionara que a mãe desejava oferecer um piquenique de noivado, Victoria questionara — consigo mesma, é claro — se a mulher estava mesmo bem da cabeça. Porém, ao se aproximar e ver as toalhas brancas espalhadas pelo gramado, assim como os criados uniformizados, usando perucas empoadas e fraques enquanto serviam taças de champanhe em bandejas de prata, além de potes de morangos maduros e suculentos mergulhados em açúcar, ela percebeu que a palavra *piquenique* significava algo bem diferente na Inglaterra e na Índia. No antigo lar, piqueniques não eram muito populares, graças ao calor, às ameaças constantes de ataque tanto de tigres quanto de bandidos, e às multidões de mendigos que se juntavam em torno das toalhas com as mãos estendidas e as abertas bocas famintas. Victoria jamais fora a um piquenique no qual não acabara dando três quartos da própria comida aos menos afortunados, e os tios sempre insistiam em levar uma escolta armada com pelo menos vinte homens para essas ocasiões... uma atitude que dificilmente tornava aqueles momentos uma forma popular de entretenimento.

Na Inglaterra, obviamente, se a cena calma e elegante diante da jovem servisse de indicação, os piqueniques eram algo completamente diferente. Não havia nenhum tigre à vista, muito menos milicianos armados. Se havia mendigos, certamente não ousavam se aproximar. E quanto a ladrões, de acordo com o que Victoria podia detectar, o mais próximo que havia daquilo era um outro grupo bem-vestido de pessoas fazendo um piquenique a uns 30 metros.

Hugo a guiou até uma mulher mais velha e agradavelmente roliça, cujo rosto irradiava marcas de sorrir ao redor dos olhos azuis e brilhantes e cujo cabelo tinha uma grande quantidade de cachos bem escuros — certamente tingidos — que escapavam pela aba do chapéu.

— Mãe! — chamou Hugo, fazendo uma reverência. — Gostaria enfim de apresentar-lhe minha noiva, Lady Victoria Arbuthnot.

Victoria, com o coração batendo acelerado — pois conseguia pensar apenas: *e se ela não gostar de mim?* —, curvou-se graciosamente e disse:

— É uma honra conhecê-la, senhora.

Mas pelo visto a viúva Lady Malfrey não era de fazer cerimônia e imediatamente se esticou, alcançando a jovem e puxando-a pelos ombros para um abraço bastante longo — e apertado demais, na opinião de Victoria.

— Enfim, enfim! — comemorou a viúva, com uma voz cujo tom era parecido ao de uma criança. — Já ouvi falar tanto de você, Lady Victoria, que sinto como se já a conhecesse! Mas você é bem mais bonita do que disseram. Hugo, por que não me contou que ela era tão adorável?

O rapaz estava de pé e olhava para as duas com os olhos azuis — que havia herdado da mãe, como Victoria percebia naquele instante — brilhantes.

— Acho que comentei, sim — respondeu ele, dando uma risada. — Não disse que ela era bela como Vênus no céu noturno?

Ser comparada ao brilho de Vênus era, é claro, o maior dos elogios, e Victoria, corando de prazer, achou que realmente poderia morrer de alegria... Mas primeiro esperava conseguir se livrar do abraço da futura sogra, pois a mulher ainda a apertava com uma força surpreendente.

— Seremos melhores amigas — declarou a viúva, com a bochecha macia contra o rosto da jovem. — Melhores amigas, tenho certeza. Seja bem-vinda... seja bem-vinda, minha filha, à família.

Embora aquela saudação fosse bastante gentil, Victoria imediatamente se colocou na defensiva, afinal sabia muito bem que noras e sogras jamais poderiam ser amigas. Aliadas, talvez, contra os homens da família, que inevitavelmente iriam bagunçar tudo com suas compras imprudentes e botas sujas. Mas nunca, jamais amigas. Ela escutara as histórias de como cada uma das filhas de sua dama de companhia tinha chorado após se mudar para a casa do marido e descobrir que a sogra, que insistira antes do casamento para que elas fossem melhores amigas, falara mal dela para os criados e para as outras noras na primeira oportunidade que tivera.

Não, Victoria sabia que jamais seria amiga da viúva. Mas nem furiosos guerreiros da tribo Zulu teriam extraído a verdade de sua boca.

— Que ótimo — respondeu a jovem em vez disso, ainda desejando que a senhora a soltasse. — Nunca tive uma mãe, como tenho certeza de que sabe. Pelo menos não uma da qual me lembre bem.

— Serei uma mãe para você — afirmou a viúva, dando--lhe outro abraço de esmagar as costelas. — Uma mãe *e* uma amiga!

— Isso será maravilhoso! — declarou Victoria... finalmente respirando quando a mulher mais velha a soltou de repente.

— Ah, não, agora não — advertiu Lady Malfrey num tom sério bem diferente daquele que usara com a futura nora. — Os *petit fours* devem ser servidos *depois* das costeletas de cordeiro!

Ao virar o rosto, Victoria viu que a viúva falava com um dos criados, que carregava uma bandeja de prata cheia de pequenos doces cobertos de chocolate... Doces que ela já reconhecia e sabia que vinham de uma das melhores padarias da cidade, apesar de estar em Londres havia apenas duas semanas.

Por mais que estivesse honrada, é claro, pela pequena festa, a jovem não podia deixar de desconfiar de que receberia a conta de tantos gastos logo após o casamento. Pois, por seus cálculos, eram quase cinquenta convidados, que consumiriam pelo menos meia garrafa de champanhe (porque, apesar da falta de sol, o dia estava relativamente quente). Somado a isso, havia o custo de contratar os criados, sem falar da comida — e Victoria sabia muito bem, por conta das consultas diárias com a cozinheira dos Gardiner, que costeletas de cordeiro não eram baratas — e do aluguel dos utensílios de prata...

Ora, não ficaria surpresa se o piquenique inteiro tivesse custado cerca de cem libras! Cem libras! E gastos por uma mulher que supostamente não tinha um centavo no próprio nome!

Ah, não. Victoria e a futura sogra definitivamente *não* seriam amigas. Não quando começasse a árdua tarefa que seria forçar Hugo a economizar. Pois nem mesmo quarenta mil libras durariam se aquele piquenique fosse um exemplo típico de como os Rothschild gostavam de se entreter.

— A festa não está linda? — comentou a prima, com ar sonhador uma hora depois.

Victoria, que já tinha chegado ao limite de bolinhos de caranguejo e ostras, sem falar dos amigos de Lorde Malfrey, que eram do tipo cordial e amigável, pegara a sombrinha e começara a caminhar em torno da área do piquenique... alegando que era para afastar os efeitos do champanhe, mas na realidade era para ficar de olho nos criados, pois havia começado a suspeitar de que eles estavam passando a mão na prataria.

— Sim — respondeu a jovem sem realmente ouvir a pergunta.

Havia algo estranho sobre os amigos da viúva Lady Malfrey... muitos tinham o cabelo tingido, assim como a senhora. E as roupas eram... bem, um pouco *coloridas*. Todos foram muito encantadores com ela, mas não havia como deixar de notar que eles pareciam meio... vulgares. Aparentemente nenhum homem tinha emprego, e Victoria tivera a impressão de que diversas mulheres usavam pó no rosto. A jovem também poderia jurar que uma das meninas mais novas realmente chegara com a saia úmida — de propósito, para fazer com que o material colasse nas pernas, que eram de fato bem delineadas.

Victoria tinha certeza de que sua tia Beatrice teria tido um ataque se visse aquilo. Ela estava contente que os tios já tivessem assumido um compromisso naquele dia e não pudessem comparecer ao piquenique organizado às pressas.

— E, sabe — continuou Rebecca, tagarelando e balançando a bolsa alegremente enquanto passeava —, o Sr. Abbott disse que este é o piquenique mais agradável ao qual já foi.

Victoria não duvidava daquilo. Provavelmente era o mais caro também.

Mas, ao ver a prima tão feliz, ela se animou um pouco. A jovem até mesmo se parabenizou, afinal tudo aquilo era graças a seu planejamento cuidadoso. Charles Abbott provara ser um pretendente atencioso e apaixonado. Além disso, o que era ainda mais importante, ela descobrira que o cavalheiro tinha uma fortuna de cinco mil libras por ano, o que não era tão impressionante quanto a renda de Jacob Carstairs, porém ainda assim era bem mais que uma garota de meios comparavelmente modestos, como Rebecca, poderia esperar de um pretendente. Não fora nada difícil convencer o Sr. Abbott — que aos 21 anos estava pronto para se apaixonar — das qualidades de sua prima.

E fora ainda mais fácil fazer Rebecca esquecer inteiramente a paixonite por um certo capitão de navios e pensar, em vez disso, apenas no Sr. Abbott. Pois, como Victoria sabia muito bem, não havia nada mais atraente para uma jovem que um belo cavalheiro a admirando. Apenas alguns elogios nos momentos certos e um ramo de flores tinham sido necessários para que Charles Abbott substituísse o Capitão Carstairs no coração da Srta. Gardiner. Victoria tinha certeza de que a mão da prima em breve seria dele.

— A viúva — observou Rebecca, conforme as duas seguiam lentamente ao redor de uma toalha de piquenique — parece um tipo bem alegre.

— Não é? — concordou Victoria, enquanto pensava que a senhora tinha mesmo razão para ficar alegre...

em breve suas preocupações financeiras desapareceriam por completo.

— Apenas espero que a mãe de Charles me receba tão bem assim — disse a prima, com uma risada nervosa, pois, como ela e o Sr. Abbott ainda não estavam noivos, era um pouco ousado de sua parte chamá-lo pelo primeiro nome. — Quero dizer, quando surgir a ocasião.

— Tenho certeza de que a receberá — comentou Victoria carinhosamente. — Afinal, que mãe não iria gostar de uma nora como você? Que sabe bordar tão direitinho e que *nunca* levanta a voz para os criados.

Rebecca pareceu contente.

— Espero que esteja certa! Mas o Sr. Abbott e eu ainda nem estamos noivos, então não deveria pensar tais coisas. Você, no entanto... Ai, Vicky, é como um sonho, não é? Digo, a maneira como Lorde Malfrey a adora.

Victoria precisava admitir que era. Apesar de toda a irritação com os amigos dos Rothschild e a maneira como Hugo e a mãe administravam mal a renda limitada — pois a viúva não estava sozinha nos hábitos extravagantes; o filho também tinha alguma culpa —, era difícil ficar com raiva de ambos. Seu noivo, é claro, era tudo que havia de romântico e delicado, constantemente lembrando-a do quanto ela era preciosa, e roubando beijos sempre que podia. Ele chegara até mesmo a gastar parte do dinheiro que levara a Lisboa para recuperar os retratos de família comprando um anel de noivado. Victoria passara a usá-lo no lugar do anel de sinete, embora a esmeralda — que Hugo insistia que combinava com os olhos cor de avelã de Victoria, um erro prontamente perdoado — fosse maior que aquilo que a jovem considerava de bom gosto. Fora um gesto adorável. E, assim que se casassem, ela cortaria a pedra para deixá-la de um tamanho mais modesto. Aí teria um par de brincos com pingentes para combinar!

O rapaz até mesmo conseguira acalmar os temores dos Gardiner em relação ao casamento iminente com a sobrinha cabeça-dura. Tornando-se um convidado habitual na casa e passando a conhecer cada uma das crianças pelo nome, ele encantara a tia de Victoria. E, ao presentear frequentemente o tio com charutos, conseguira conquistá-lo também. Os dois tinham abençoado a união, e, agora que a mãe de Hugo também parecia contente com o casal, só faltava marcar a data. Victoria queria se casar numa terça-feira, pois sempre gostara de terças-feiras.

Ela planejava uma lua de mel em Veneza — sempre ouvira que era um lugar incrível — quando de repente Rebecca enrijeceu-se a seu lado e prendeu a respiração.

— Nossa! — exclamou a menina ao chegarem na ponta mais distante da toalha de piquenique. — Não é o... Olhe, Vicky, acho... É, sim; é ele *mesmo*! Por que *ele* está aqui?

Victoria olhou para onde a prima apontava. Na pista ao longe, um belo cavalo com o pescoço graciosamente arqueado vinha na direção das duas, e, montado nele, estava o Capitão Jacob Carstairs... cujo nome, a jovem tinha certeza, *não* estava na lista de convidados da viúva Lady Malfrey. Na realidade, a própria Victoria insistira para que o nome não constasse ali.

— Mas que chatice — murmurou Victoria, baixando a borda da sombrinha para cobrir o rosto. Provavelmente era um gesto inútil, mas havia uma chance de o capitão ainda não a ter reconhecido. Além disso, a sombrinha escondia o rubor que inexplicavelmente, e muito irritantemente, lhe subia ao rosto toda vez que encontrava Jacob Carstairs nos últimos tempos.

O que era ridículo, porque é claro que ela estava apaixonada — de modo profundo e irreversível — pelo nono Conde de Malfrey. Certamente o único motivo para corar quando o capitão olhava em sua direção tinha a ver com o fato de o rapaz ser tão direto. Afinal, ele parecia achar que sabia o que era melhor para Victoria; e não se sentia nada mal ao ser franco.

Embora tivesse tentado ficar bem quieta — como um coelho faria se estivesse no caminho de uma cobra —, Jacob Carstairs pelo visto a notara mesmo assim, pois logo em seguida um par de cascos de cavalo apareceu na grama diante da jovem, e Victoria o ouviu dizer naquele irritante tom zombeteiro:

— Boa tarde, Lady Victoria, Srta. Gardiner.

Não havia outra escolha a não ser levantar a sombrinha e sorrir agradavelmente para aquele rosto insuportável e presunçoso.

— Capitão — cumprimentou ela, o tom calmo em desacordo com a cor viva das bochechas.

Rebecca, ao lado dela, também provava que não estava suficientemente recuperada da paixão pelo cavalheiro, como Victoria imaginara. O rosto de sua prima ficara tão vermelho quanto o dela, e a moça não parecia saber para onde olhar. Victoria procurou freneticamente pelo Sr. Abbott, que estava — como era egoísta! — ocupado com um jogo de facas, nem mesmo olhava na direção das duas.

— Não é um dia muito promissor para um piquenique — comentou o Capitão Carstairs, enquanto encarava o céu cor de chumbo.

— Pelo menos está quente — respondeu Victoria. É claro que por dentro a resposta não fora nem um pouco tão otimista. *Clima?* Está aí discutindo o clima com ele, com esse homem desagradável que acha que sabe o que é melhor para você e que partiu, provavelmente para sempre, o coração de sua prima mais querida? Qual é o seu problema? Diga a ele para pegar o cavalo e ir para...

— Aquela é a viúva Lady Malfrey que vejo? — perguntou o rapaz, estreitando os olhos na direção da futura sogra da jovem.

— Sim — retrucou ela inexpressivamente.

— Bem. — Do alto da sela, o capitão examinou os diversos convidados sentados nas toalhas brancas, assim como os criados que circulavam com os potes de morango com açúcar e com as bandejas de champanhe. Ela rezou para que Jacob Carstairs não conseguisse enxergar tão bem de longe e não reparasse na jovem de saia úmida. — Que agradável.

Agradável? *Agradável?* Aquilo era tudo que ele tinha para dizer? Se era tudo que tinha para dizer, por que então não seguia cavalgando? Por que permanecia sentado ali, observando as toalhas de piquenique, como se fosse um marajá inspecionando a tropa...?

De repente Rebecca soltou um grito de espanto.

— Minha bolsa!

Victoria virou o rosto e viu, de todas as coisas, um pequeno e esfarrapado moleque — aparentemente do gênero masculino, embora fosse difícil dizer por baixo de toda a imundície — correndo por eles e pegando a bolsa da prima.

O berro de Rebecca assustou o cavalo do capitão — como esperava o ladrão, imaginou Victoria; caso contrário, não teria feito algo tão arriscado em plena luz do dia... Bem, ou o que era considerado luz do dia naquele lugar cheio de névoa. Ainda assim, Jacob Carstairs controlou a montaria de forma admirável, gritando enquanto se mantinha na sela.

— Pega ladrão!

Contudo, por mais que a ajuda do capitão fosse bem--vinda, não era realmente necessária, pois Victoria precisou apenas colocar o pé no caminho para fazer o jovem rebelde tropeçar. Em seguida ela o segurou, colocando o joelho sobre ele.

Não havia mesmo nada mais simples. Mas logo o conde e o Sr. Abbott vieram, assim como o restante dos convidados, como se houvesse algo que pudessem fazer.

Nossa, pensou Victoria enojada, *que alarde faziam os londrinos das coisas!*

Capítulo 7

— Meu Deus, Lady Victoria! — gritou a viúva Lady Malfrey. — Não toque nele! Essa coisa suja pode... pode *mordê-la* ou algo assim!

Enquanto pressionava firmemente as costas do ladrãozinho com um dos joelhos, Victoria fitou com tranquilidade a futura sogra. O garoto chutava e gemia de dor de forma lamentável, mas, exceto por isso, a jovem não estava nada preocupada.

— Aqui está, Becky — disse ela, tirando a bolsa da mão do menino e entregando-a à prima. — Tenho certeza de que ele sente muito pelo que fez. Não é? — Victoria apoiou-se com mais força sobre a coluna do garoto. — Não é?

— Aham — gritou o garoto. — Aham! Me solte! Por favor, me solte, moça!

O Capitão Carstairs, que a essa altura já controlara o cavalo e desmontara, abaixou-se, colocando as mãos com brutalidade nos ombros do menino.

— Está tudo bem, milady — declarou ele para Victoria. — Eu cuido disso.

Ao notar o rosto de Jacob Carstairs próximo ao dela e o quanto sua aparência era agradável, por mais que não chegasse nem perto da beleza do conde — não com aquele colarinho! —, a jovem levantou-se rapidamente para ficar o mais distante possível.

— Vamos ver a cara do moleque então — comentou o capitão, pondo o garoto de pé.

Victoria logo reparou que o ladrãozinho não era uma criatura de boa aparência. Ele estava coberto de sujeira, das botas desgastadas até os tufos de cabelo liso, mas havia um pedaço limpo no centro do rosto do tamanho de um punho — que se devia apenas ao fato de o menino assustado estar chorando.

— Por favor, moço — implorou o ladrão entre soluços. — Não chame os oficiais, senhor!

Os oficiais, explicou a viúva em voz baixa para a futura nora, que estava perplexa, eram a força policial responsável pela paz nas ruas de Londres.

— Eles vão me enforcar, moço. — O menino soluçava. — Já enforcaram meu pai.

Victoria levantou as sobrancelhas ao ouvir aquilo. Não que fosse contra punir criminosos, mas enforcar ladrões parecia um pouco extremo. Na Índia, um garoto novo assim receberia apenas umas chicotadas. Realmente o sistema de justiça na Inglaterra dava a impressão de ser um pouco severo, afinal mandava sonegadores fiscais até o outro lado do mundo para morar com cangurus, além de enforcar os coitados dos punguistas! Victoria não tinha ideia de que as coisas eram tão rigorosas ali.

— Você cuida disso então, Carstairs? — Lorde Malfrey aproximou-se. — Moleque! Victoria, você está bem?

— É claro que sim — respondeu ela. Imagine, quanto barulho por segurar um menino! — Rebecca é quem teve a bolsa furtada, não eu.

Todos viraram para encarar a jovem que fora roubada, que chorava e soluçava quase tanto quanto o garoto — embora, no caso dela, fosse por medo e não por haver sido fisicamente prejudicada. Victoria tinha certeza de que o ladrão nem mesmo encostara nela.

— Você está bem, Srta. Gardiner? — perguntou Charles Abbott, com uma expressão de preocupação genuína e carinhosa.

— Nossa! — Aquilo foi tudo o que Rebecca conseguiu dizer, então se jogou de repente nos braços fortes do Sr. Abbott, chorando dramaticamente. Ele pareceu surpreso, porém contente, com esse acontecimento, afastando a jovem da cena em seguida, enquanto apoiava de forma protetora um dos braços em seu ombro.

Diante disso, Victoria olhou triunfante para o Capitão Carstairs, ansiosa para ver-lhe a expressão ao perceber que fora rejeitado por uma menina que certamente estava na lista de conquistas do rapaz.

Para sua decepção, no entanto, Jacob Carstairs não prestava a mínima atenção em Rebecca Gardiner. Toda a sua concentração parecia estar no moleque preso pela gola da camisa.

— Alguém precisa chamar os oficiais imediatamente — dizia Lorde Malfrey. — Eu seguro o garoto, Carstairs. Pegue o cavalo e vá às autoridades.

Mas o capitão desconsiderou aquilo com um aceno.

— Vá você com meu cavalo. Eu fico aqui, segurando o menino.

— O cavalo é *seu* — argumentou Hugo, de forma pouco gentil.

Jacob Carstairs deu um sorriso que só poderia ser descrito por Victoria como perverso.

— Está com medo de não conseguir controlá-lo, Malfrey?

O conde soou insultado:

— De forma alguma! É só que... bem, minha noiva foi ofendida. Então eu deveria ficar com ela, consolando-a.

Todos viraram para Victoria, que não precisava de consolo algum, como ela mesma sabia, e rapidamente esta admitiu, explicando:

— *Eu* não fui ofendida. E certamente não preciso de consolo. Estou absolutamente bem.

Ao ver a expressão um pouco desapontada do Lorde Malfrey — sem falar da maneira como a mãe balançou a cabeça até que mexesse os cachos pretos (sem dúvida uma mulher daquela idade tinha de ter *alguns* fios grisalhos) —, Victoria mordeu os lábios. Visivelmente deveria ter fingido estar tonta ou algo do tipo. Pegar ladrões com as próprias mãos, assim como descer de navios em escadas, não era algo apropriado a jovens inglesas. *Quando* será que ela aprenderia? Desse jeito jamais seria uma boa esposa para um conde.

— Por favor, senhores — gritou o garoto que o capitão segurava com força. — Juro que nunca mais faço isso se me deixarem ir!

Aquilo soou absolutamente verdadeiro para Victoria. O menino parecia bastante assustado.

Mas, pelo visto, a viúva Lady Malfrey não acreditava, pois disse:

— Pare de ficar aí discutindo com o homem, Hugo, e vá logo buscar um oficial para que possamos retornar ao piquenique!

Com um olhar sombrio, seu filho virou-se para pegar as rédeas da montaria. Contudo, naquele instante, Victoria decidiu que estava farta daquela situação. Ela não sabia dizer se era correto ou não que senhoras inglesas saíssem por aí prendendo moleques, porém de uma coisa tinha certeza: não era correto enforcar um menino.

Portanto, levantando o dedo logo acima do ombro direito do capitão, a jovem soltou um grito de estremecer o corpo.

Como esperava, Jacob ficou tão espantado que afrouxou momentaneamente a pressão sobre o garoto.

— O quê? — indagou ele, virando o rosto na direção para a qual ela apontava. — O que foi?

O garoto, que não era besta, fugiu tão incrivelmente rápido que talvez nem mesmo o cavalo do capitão tivesse conseguido alcançá-lo — isto é, se o rapaz tivesse conseguido montar a tempo. O que ele acabou não fazendo. Em vez disso, percebendo imediatamente o que Victoria havia feito — e por quê —, Jacob Carstairs a encarou com uma expressão absolutamente cínica.

— O quê? — Lorde Malfrey ainda procurava o que a levara a gritar tão alto. — O que foi, meu amor? Não diga que ciganos se atreveram a dar as caras por aqui! — Então, notando que o menino escapara, ele soltou: — Carstairs, seu idiota! Você o deixou fugir!

O capitão olhou com a mesma expressão cínica para o conde.

— Você também — observou ele.

— Enlouqueceu? — perguntou Lorde Malfrey. — Ele vai simplesmente roubar a bolsa de outra pobre coitada.

— Diga isso — retrucou Jacob secamente — a sua noiva.

Com uma expressão atordoada no rosto, o conde virou para encarar Victoria.

— Vicky — disparou ele —, você... você gritou de propósito? Para que o garoto escapasse?

A jovem olhou para o céu.

— Ai, nossa — disse ela, observando as nuvens. — Acha que vai chover? Não parece muito promissor, não é mesmo, milorde?

— Victoria! — A voz de Lorde Malfrey soou em choque. — Não se pode deixar vagabundos assim soltos! Ora, ele pode matar a próxima pessoa que roubar!

— Ele realmente parecia querer mudar de comportamento, milorde — comentou ela calmamente.

— Como você saberia? — questionou o cavalheiro.

— É inocente demais para conhecer tipos assim, ao que agradeço. Mas garanto, milady: patifes desse tipo jamais mudarão!

Victoria não conseguiu deixar de lançar um olhar para Jacob Carstairs ao ouvir a palavra *patife* da boca de seu noivo. Ela olhou exatamente a tempo de ver o capitão abafar uma risada. *Que rapaz insuportável!* Alguém realmente precisava dar-lhe uma surra.

— Acho que está errado, milorde — discordou Victoria tranquilamente, dirigindo-se a Hugo, embora seu olhar estivesse no capitão. — Acredito que *qualquer* patife pode mudar.

Para espanto da jovem, o Capitão Carstairs parou de rir de repente e, com uma expressão bem séria, subiu novamente na sela da montaria.

Victoria não resistiu e indagou friamente:

— Já vai, capitão?

— Estou atrasado para um compromisso — explicou ele do assento, muito acima dela, com um sorriso completamente desprovido de afeto. — E não iria querer afastá-la de sua festinha.

— Que gentileza, Carstairs — disse Lorde Malfrey, pegando uma das mãos de Victoria e apoiando-a sobre o braço dobrado...

... algo que Jacob Carstairs observou, apertando nitidamente os lábios antes de concluir:

— Se eu vir um oficial, darei a ele a descrição do menino. Apesar do que talvez possa achar, Lady Victoria, não somos completamente bárbaros aqui na Inglaterra. A criança não seria enforcada. Ele apenas disse aquilo para amolecer seu coração. Posso ver que funcionou muito bem. Enfim. — O rapaz levantou o chapéu brevemente. — Bom dia. — Então saiu cavalgando.

Victoria não pôde deixar de notar que ele era um excelente cavaleiro, que se mantinha muito bem assentado no corcel indócil. Ela imaginou que não deveria ter ficado surpresa por Jacob Carstairs montar tão graciosamente quanto comandava um navio. Afinal, o desgraçado parecia estar sempre à vontade no que quer que fizesse.

Algo que Lorde Malfrey também percebeu claramente, considerando seu comentário seguinte:

— Nossa! — exclamou ele. — Este sujeito tem mesmo uma tendência a aparecer a seu lado com uma frequência alarmante, Victoria. Acho possível que ele esteja meio apaixonado por você.

A jovem, lançando um olhar cauteloso para a prima — pois não estava inteiramente convencida de que Rebecca esquecera por completo o charmoso capitão —, disse num tom que ela esperava que soasse bem despreocupado:

— Ah, milorde, não poderia estar mais enganado! Na verdade, Jacob Carstairs já deixou bem claro que sou a pessoa mais detestada por ele na Inglaterra.

— Ora, então ele é um mentiroso — declarou a viúva Lady Malfrey de onde tinha parado, próxima aos outros, para observar a agitação... Pois não era todo dia que uma mãe via o filho capturando um ladrão, mesmo que o perigoso moleque tivesse infelizmente fugido. — Porque ninguém que tenha conhecido Lady Victoria conseguiria considerá-la uma pessoa detestável.

A jovem sorriu, embora as palavras da futura sogra a deixassem bastante desconfortável. Afinal, não havia tanto tempo assim que a senhora a conhecia para chegar à tal conclusão. Victoria supôs que a viúva tentava apenas ser gentil.

E achava o mesmo de Rebecca, que insistia que não estava — não, nem um pouco! — chateada por causa do comentário de Lorde Malfrey de que Jacob Carstairs estava apaixonado por Victoria.

— Lorde Malfrey é quem está apaixonado por você, Vicky — lembrou Rebecca graciosamente, conforme as duas voltavam juntas para as toalhas de piquenique. — Naturalmente ele acha que todos deveriam estar também. Além disso, já disse que não estou mais interessada em Jacob Carstairs. O Sr. Abbott é um homem dez vezes melhor que o capitão.

Victoria ouviu aquilo com grande aprovação. Ela concordava inteiramente, óbvio, e deixou isso claro, comentando que Charles Abbott era mais bonito, mais gentil e bem mais inteligente que Jacob Carstairs. Afinal, o cavalheiro louro tivera o bom gosto de se apaixonar por Rebecca — sem mencionar o fato de que usava o colarinho na altura apropriada.

— Mas eu acho — disse Rebecca, olhando por sobre o ombro para os dois pretendentes que seguiam um pouco atrás delas — que não foi totalmente... Bem, não foi adequado para uma dama deter o menino do jeito que você fez. Realmente deveria ter deixado o assunto para os homens.

Victoria ouviu aquilo com as sobrancelhas erguidas, então exclamou, espantada:

— Mas, Becky, se eu tivesse feito isso, ele teria fugido com a bolsa!

— Aí eu teria perdido um pente e cinquenta centavos — comentou sua prima, dando de ombros. — Não seria tão ruim quanto perder a dignidade, e acho que talvez você tenha perdido um pouquinho, Vicky, quando... quando fez o que fez. Ora, mesmo agora, está meio descabelada.

Victoria pegou a mecha desobediente e a colocou novamente para dentro do chapéu, sentindo uma pontada de irritação com Rebecca e decidindo que a menina era a criatura mais ingrata do mundo. Ainda mais depois de tudo que Victoria fizera por ela: primeiro convencendo-a de que Jacob Carstairs não seria um bom marido; depois fazendo com que o Sr. Abbott, que era belo e desejado, se apaixonasse por ela; e enfim salvando sua bolsa! Ah, isso sem falar nas incríveis melhorias que implantara na casa da prima, tipo banir a terrina de carne; transformar Mariah em uma criada inegavelmente mais profissional; e forçar os menores a agir como crianças quietas e comportadas.

E aquele era o agradecimento que recebia por todo a sua dedicação! "Não foi totalmente adequado para uma dama!"

Pelo visto, os inúmeros talentos de Victoria jamais seriam devidamente reconhecidos — ou apreciados. Pois, para concluir o plano de transformação de Lorde Malfrey

— fazendo com que ele deixasse de ser um homem com um título de nobreza, porém nenhum dinheiro, para se tornar um homem de riqueza e privilégios —, ela precisaria avançar com cuidado e sutileza, de modo que o cavalheiro nunca descobrisse que ela o manipulara o tempo inteiro. Afinal, não havia nada que homens odiassem mais que mulheres se metendo em seus negócios. Os tios de Victoria eram um ótimo exemplo daquilo, não é mesmo? Ora, eles a tinham despachado para a Inglaterra quando finalmente perceberam que ela fazia exatamente aquilo desde os 5 anos.

Bem, Victoria acreditava que aquela era a cruz que pessoas como ela tinham de carregar. Era bastante provável que as ações mais altruístas da jovem jamais fossem reconhecidas por aqueles afetados por elas. Era triste, porém verdadeiro.

Contudo, ela não deixaria a autopiedade tomar conta dos pensamentos. Pois tinha muito a agradecer, o que incluía, é claro, a herança de quarenta mil libras, o corpo e os dentes saudáveis, os tornozelos excepcionalmente belos e, o mais importante, seu talento para arrumar as coisas que haviam ficado confusas, digamos assim. Afinal, quem não desejava uma vida livre de dramas e desastres desagradáveis? Por essa razão, pessoas como Victoria foram colocadas no mundo: para trabalhar e impedir tais coisas.

E, assim que se casasse, ela sabia qual seria o primeiro desastre que corrigiria: o cabelo da sogra. Se não conseguisse persuadir a viúva a deixá-lo naturalmente grisalho, a jovem poderia pelo menos convencê-la a usar uma peruca de um tom mais natural que a cor de ébano das atuais madeixas.

Nossa, realmente às vezes parecia que o trabalho de Victoria nunca acabaria. Além disso, ainda precisaria revistar todos os criados do piquenique. Porque somente por cima de seu cadáver um deles escaparia com uma peça da prataria que a futura sogra contratara para a ocasião.

À custa de Victoria, é claro.

Capítulo 8

— Mas tem certeza de que *quer* entrar, Becky? — perguntou Victoria à prima, esperando que sua preocupação fosse considerada suficientemente apropriada para uma dama. — Porque não precisamos ficar se não estiver mesmo com vontade.

Descendo da carruagem com cuidado, pois usava outro vestido de Victoria, dessa vez num tom rosa bem claro, Rebecca parecia zangada.

— Já disse, Vicky — respondeu ela, irritada —, que não é nada. *Ele* não significa nada para mim.

Victoria ficou bastante aliviada ao ouvir aquilo. Ainda assim, não estava inteiramente convencida.

— Porque ainda podemos dar uma desculpa, sabe? — comentou ela baixinho, conforme as duas seguiam atrás do Sr. e da Sra. Gardiner, que subiam as escadas de pedra até a porta da frente da casa de Jacob Carstairs, no bairro de Mayfair. — Podemos dizer que não estou me sentindo bem e dar meia-volta para casa.

Becky lançou um olhar depreciativo à prima por cima do ombro esbelto. Desde que soubera que a mãe aceitara o convite do Capitão Carstairs para jantar, ela estivera fria e indiferente à situação. Mas Victoria tinha quase certeza de que aquilo era pura atitude.

Ou era o que pensava até as palavras da prima a atingirem como um tapa.

— Se quer saber, Vicky — disse Rebecca num tom amargo —, é *você* quem parece ter algum problema com esse jantar na casa do Capitão Carstairs. Pois *eu* certamente não me importo. Meu afeto já pertence inteiramente a outro.

Totalmente surpreendida, Victoria declarou:

— Me desculpe, Becky, mas não tenho *nenhum* problema com esse jantar. Longe disso. Só não consigo deixar de me preocupar com *você*. Afinal, já me contou que era apaixonada por ele.

— Não sou nem sequer um terço tão apaixonada por ele quanto você é, Vicky — retrucou ela bem maliciosamente.

E, quando Victoria — com todo direito — bufou indignada com aquele comentário, a prima teve a audácia de acrescentar:

— Bem, qualquer pessoa que diz detestar um homem um terço do que você detesta o Capitão Carstairs só pode estar apaixonada por ele. Para falar a verdade, acho que eu e Lorde Malfrey entendemos tudo errado: não é o capitão quem está apaixonado por você. É você quem está apaixonada por ele.

Victoria tinha a resposta pronta na ponta da língua, prestes a dizer exatamente o que achava daquela declaração absurda — sem contar o que achava de Becky —, quando a porta da frente se abriu e eles foram conduzidos para dentro por um mordomo extremamente competente.

— Meninas — chamou a tia de Victoria, por entre os dentes, enquanto tiravam seu agasalho —, por favor, parem o bate-boca. O Sr. Gardiner e eu gostaríamos de ter um jantar agradável com o Capitão Carstairs e a mãe.

— Não sou *eu* que estou discutindo — declarou Victoria, apoiando a mão esticada sobre o peito. — Estou apenas me defendendo de sua filha, que fica inventando calúnias a meu respeito.

Sibilando, Becky respondeu:

— Não estou fazendo nada do tipo!

— Não está acusando uma pessoa de estar noiva de um, porém apaixonada por outro? — questionou Victoria, também sibilando.

— Apenas digo o que vejo, Lady Victoria Arbuthnot — disparou Becky.

No fim das contas, foi bom o mordomo anunciá-los bem naquele instante. Caso contrário, a prima Becky talvez tivesse levado uns tapas nas orelhas, pois Victoria estava *realmente* furiosa.

Não poderia esperar nada diferente mesmo. A dama de companhia de Victoria advertira que poucas pessoas, quando muito, sabiam o que era melhor para elas e que a jovem não deveria esperar que os outros ficassem gratos pela gentil ajuda que ela continuamente oferecia. As formigas-ruivas que Victoria tinha afastado do regador do jardineiro e redirecionado para um graveto a fim de salvá-las do afogamento picariam a menina na primeira oportunidade. E o cachorro vira-lata que ela salvara das pedras das crianças do vilarejo iria mordê-la, mesmo enquanto a jovem tentava lhe dar comida.

Mas daí a ser acusada por Becky de estar apaixonada por Jacob Carstairs — Jacob Carstairs! Ora, aquele fora o golpe mais cruel que já recebera. O que poderia possivelmente ter feito para que a prima ficasse com tal ideia na cabeça? Desde o dia infeliz em que se conheceram, Victoria sentira apenas desprezo pelo rapaz. Como era possível que Rebecca pensasse aquilo?

O mordomo os levou até uma bela sala, com pé-direito alto e bem arejada. Victoria imediatamente notou que a residência de Jacob Carstairs era bastante agradável, além de ser elegantemente decorada. O que certamente se devia à bela e respeitável mulher que fora apresentada a ela como Sra. Carstairs, a mãe de Jacob. Apertando a mão da jovem carinhosamente, a senhora disse:

— Lady Victoria, que prazer conhecê-la.

Com aprovação, Victoria observou que a Sra. Carstairs permitira que o cabelo ficasse naturalmente grisalho, e o tom prateado a deixava bem mais charmosa. Na realidade, a jovem achava incrível que uma mulher tão simples e natural pudesse ter dado à luz um rapaz tão desagradável quanto Jacob Carstairs.

Que estava parado próximo à lareira — acesa, é claro, porque chovia sem parar, como havia feito praticamente desde a chegada de Victoria, embora fosse verão —, parecendo bastante satisfeito consigo mesmo. Ora, e por que não estaria? Visivelmente o capitão convidara a jovem para jantar em sua casa para mostrar o quanto ela estivera errada em pensar tão pouco a seu respeito. Aquela pintura sobre a lareira não era um Gainsborough? E os pequenos enfeites no aparador não eram pastoras de Dresden? Como se Victoria pudesse confiar na opinião do rapaz sobre o caráter de Lorde Malfrey simplesmente porque ele possuía coisas belas! *Imagine só*. Ela queria rir, mas ainda estava muito chateada com os comentários cruéis da prima para responder mais que sim e não às perguntas gentis da Sra. Carstairs sobre a sua estada em Londres até aquele momento.

Enquanto os outros bebiam champanhe e conversavam alegremente sobre os assuntos que a jovem mais adorava, a Índia e o exército, tudo que ela podia fazer era permanecer ali, sentada, perguntando-se se Becky acreditava mesmo naquela acusação de que ela estaria apaixonada pelo Capitão Carstairs. Ora, não estava perfeitamente claro por quem ela era apaixonada? Afinal, não usava o anel dele?

Rebecca estava apenas com inveja. Sim, tinha de ser aquilo. A prima ainda estava apaixonada por Jacob Carstairs e sentia inveja porque Victoria ia se casar com o homem dos sonhos dela, enquanto o homem dos sonhos de Becky nem parecia notar que ela estava viva. Na verdade, se pensasse a respeito, era mesmo uma situação lamentável. Coitada da menina, ainda tão apaixonada pelo capitão que acabava atacando a pessoa valentemente disposta a curá-la daquele terrível mal! E coitado do Sr. Abbott, que estava genuinamente interessado na filha mais velha dos Gardiner!

Mas, principalmente, coitada de Victoria, que precisava aguentar o peso da infelicidade da prima e as farpas injustas que Becky soltara em cima dela!

Bem, ela supunha que mártires haviam passado por coisas piores e sobrevivido. Realmente, ser acusada de estar apaixonada por um homem que ela não tolerava era bem melhor que ser alvo de dardos envenenados ou ser picado por uma víbora.

Ou pelo menos era o que a jovem imaginava.

Quando o gongo soou, anunciando o jantar, Victoria já estava ansiosa o suficiente com aqueles pensamentos e pôde finalmente se juntar à conversa — que, era preciso admitir, estava bem mais animada que qualquer conversa que tivera até então com o noivo e a mãe deste, que alimentava o costume entediante de falar apenas de pessoas desconhecidas à futura nora. Victoria também notara, com aprovação, que a comida fora magnificamente preparada e elegantemente servida, o que demonstrava que a mãe de Jacob Carstairs não somente era uma anfitriã agradável como também competente com os funcionários, duas habilidades que raramente andavam juntas.

De fato, pensou Victoria levemente entretida conforme comia uma colherada saborosa de compota de fruta. *Ainda bem que não estou apaixonada por Jacob Carstairs — nem ele por mim — porque não seria nada bom se nos casássemos. Sua casa já é impecável e perfeitamente gerida pela mãe. E ele já tem dinheiro. Ora, não precisaria nem um pouco de mim. Eu não teria nada com que ocupar meu tempo durante o dia. Sinto pena de quem quer que seja que acabe se casando com ele, pois ficará muito entediada.*

A jovem ficou ainda mais convencida quando os homens desapareceram para fumar charutos e tomar brandy, enquanto as mulheres seguiram até a sala de estar para o café. A Sra. Carstairs até fofocava divinamente! É claro que não falava qualquer coisa que pudesse ser interpretada de forma maliciosa — ela era muito elegante para isso —, mas acabou mencionando uma certa jovem que seu filho por acaso vira num piquenique no parque. Naquele momento, achando que ouviria sobre a própria aventurazinha com um tal pivete, Victoria ficou temerosa e olhou nervosamente para Rebecca a fim de que a prima não reagisse de modo surpreso e entregasse a identidade da jovem...

Mas, no fim das contas, não precisava ter sentido medo, pois a jovem à qual a Sra. Carstairs se referia era a tal que molhara a saia, fazendo-a grudar de forma provocante nas pernas. Mesmo assim, Victoria corou ao saber que Jacob notara, *sim*, a menina vestida escandalosamente no piquenique de Lorde Malfrey e transmitira a descrição a mãe — embora aparentemente não tivesse contado que Victoria e Rebecca também estavam no evento.

— Realmente me deixa muito aliviada — continuou a Sra. Carstairs, enquanto passava a bandeja de biscoitos doces para Victoria — que minha filha esteja casada e crescida e que já tenha o próprio filho. Pois não acho que poderia educar uma menina nos dias atuais, por mais que você, Beatrice, pareça conseguir muito bem. Ainda assim, não a invejo. Tenho a impressão de que há muita rebeldia nas mulheres jovens hoje em dia! Imagine, encharcar a saia de propósito! Ora, desse jeito pode acabar causando a própria morte.

Enquanto mordiscava um biscoito, Victoria fitou a Sra. Carstairs com interesse. Então Jacob tinha uma irmã mais velha! Uma irmã com idade suficiente para estar casada e com filhos. Que curioso. A jovem não conseguia imaginar o confiante capitão com uma irmã, sobretudo mais velha. Ela se perguntou se a irmã dele já o tinha torturado quando ele era mais novo, como ela e Rebecca gostavam de fazer com os irmãos mais novos da prima ao se sentirem muito entediadas, borrifando-os na escada com água de rosas e lhes enfeitando os cabelos com laçarotes enquanto dormiam.

Contudo, Victoria não teve muito tempo para imaginar tais coisas, pois logo os homens se juntaram a elas novamente, e a conversa voltou a assuntos menos escandalosos. O fato de que haveria uma lua cheia naquela noite e que um monóculo que o Capitão Carstairs encomendara da Itália havia acabado de chegar levou todos eles — exceto o Sr. Gardiner, que adormecera em uma cadeira próxima à lareira — ao terraço para o qual a sala de estar se abria. Lá o grupo se revezou para olhar através da lente — por mais que apenas um pequeno vislumbre da lua pudesse ser observado devido à alta nebulosidade. A umidade logo fez com que as mulheres voltassem para dentro, mas Victoria estava determinada a ficar ali até que visse, como Rebecca, o que fora prometido. Recusando-se a se mover, a jovem esperava que as nuvens, que se mexiam rapidamente acima, abrissem o suficiente para lhe garantir visão.

Para seu incômodo, Jacob Carstairs também permaneceu do lado de fora... Sem dúvida, comentou ela para si mesma, com amargura, para ter certeza de que ela não derrubaria seu precioso brinquedinho novo nem causaria danos ao objeto.

— Não precisa se preocupar com moleques *aqui* — informou ela muito sarcasticamente. — Prometo não deixar ninguém roubar o monóculo.

— É — respondeu o Capitão Carstairs, com um pequeno sorriso, visível por conta da luz de vela que vazava pela porta do terraço. — Imagino que não deixaria mesmo. Na verdade, temo mais pelos moleques que esbarrarem em você.

Victoria bufou.

— Não foi isso que disse no outro dia.

— Eu estava de mau humor naquele dia — admitiu Jacob. — Queria pedir desculpas a você por aquilo.

Incrivelmente surpresa com o fato de que o capitão pediria desculpas a ela por alguma coisa, a jovem apenas levantou as sobrancelhas, mantendo o olhar no brilho entre as nuvens, pois sabia que ali atrás estava a lua.

— Não vai perguntar — indagou ele, após alguns segundos de silêncio entre os dois — por que eu estava tão mal-humorado?

— Não — respondeu Victoria docemente.

— Bem, pretendo contar mesmo assim — comentou Jacob.

Então ele fez algo tão fora do normal que a jovem quase precisou se dar um beliscão para ter certeza de que não estava sonhando. O rapaz foi até a porta do terraço, que fora deixada parcialmente aberta, e a fechou. Em seguida pegou uma chave no bolso do colete para trancá-la...

... com eles dois do lado de fora!

Victoria — certamente com os olhos do tamanho de um ovo de pavão — perguntou incisivamente:

— Você está louco?

— Provavelmente — retrucou Jacob Carstairs, colocando a chave novamente no bolso, o que a fez achar que ele não havia enlouquecido inteiramente... caso tivesse, sem dúvida jogaria a chave pela sacada. Então o rapaz pegou uma das cadeiras de ferro forjado, girando-a para Victoria, limpou o assento úmido com seu lenço e disse:

— Sente-se.

Muito ofendida com aquele comportamento — mas também bastante intrigada — a jovem respondeu com firmeza:

— Mas é claro que *não* vou me sentar.

— Tudo bem — respondeu ele, colocando a cadeira de volta no lugar anterior. — Mas agora vai me ouvir.

Victoria percebeu que não tinha muita escolha. A não ser que se arremessasse do terraço — o que seria uma queda de uns 6 metros até o jardim abaixo —, teria de ouvi-lo. Ela pensou que poderia ter batido na porta do terraço para alertar da situação aqueles lá dentro. Talvez tio Walter fosse forte o bastante para arrombar a porta e salvá-la... se conseguisse despertar do cochilo.

Contudo, Victoria estava realmente interessada em saber o que Jacob Carstairs queria contar a ela a ponto de levá-lo a medidas tão drásticas. A jovem perguntava-se: será que Hugo e Becky estavam certos quando disseram que o Capitão Carstairs estava apaixonado por ela? Seria possível? Mas como isso poderia ser possível se, durante todo o tempo em que se conheciam, ele não fizera nada além de ser implicante e irritá-la? Que tipo de homem demonstrava seu amor por uma mulher assim?

Então, recordando o que Rebecca falara mais cedo naquela noite, ocorreu-lhe que talvez o rapaz tivesse começado a chamá-la de Srta. Abelhuda e debochasse de suas tentativas de organizar as coisas exatamente *por causa* da intensa paixão que nutria por ela. Será que aquilo de que Rebecca acusara Victoria — de odiar Jacob Carstairs tão intensamente que ela só poderia estar apaixonada por ele — poderia ser o que o capitão verdadeiramente sentia?

Meu Deus! Seria possível? Certamente parecia possível! Será que Jacob Carstairs confessaria sua eterna devoção a ela bem ali no terraço, sob o luar — bem, o pouco que havia de luar com o céu encoberto —, com a mãe dele e os tios da jovem logo ao lado? Será que a seguraria com os braços fortes e a cobriria de beijos apaixonados?

Muito a contragosto, Victoria percebeu que a ideia do capitão fazendo qualquer uma daquelas coisas — confessando seu amor por ela, segurando-a nos braços e cobrindo-a de beijos — era bastante emocionante. Na verdade, só de pensar que ele poderia fazer uma daquelas coisas, o coração da jovem começou a bater com muito mais rapidez que era apropriado, considerando que ela estava noiva de outra pessoa. Que tipo de menina era ela para achar a ideia de Jacob Carstairs beijando-a tão atraente? Estava praticamente casada! E com outro rapaz!

Ainda assim, não havia como negar que, ao ser encarada pelo capitão com aqueles olhos cinzentos como nuvens de chuva e ao ouvi-lo dizer seu nome, o pulso de Victoria se acelerara. E quando ele a mandara sentar, ela bem que sentira um sobressalto na espinha. Não havia nada igual a um homem charmoso dando ordens... mesmo se não houvesse qualquer intenção de segui-las.

Ah!, pensou ela naquele instante. *Finalmente ele vai admitir que tem esse preconceito absurdo contra Lorde Malfrey — e que tem sido tão desagradável comigo durante todas essas semanas — porque está perdidamente apaixonado por mim e não consegue suportar a ideia de me ver nos braços de outro homem! Que coisa mais divertida! Serei gentil com ele, é claro. Não iria querer que se jogasse da sacada por conta de um coração partido nem nada assim. Poderia acabar abrindo a cabeça naquelas jardineiras lá embaixo, e isso só faria sujeira. E também não vou dar um pio com relação ao colarinho baixo.*

— Victoria — começou Jacob.

Novamente a jovem não pôde deixar de pensar no quão presunçoso era da parte dele chamá-la pelo primeiro nome quando ela não lhe dera permissão para tal. Mas o capitão devia estar enlouquecido demais de amor para ter completa noção do que fazia, imaginou Victoria.

— Já tentei de tudo para convencê-la do quanto seu esquema é arriscado, digo em relação ao casamento com Hugo Rothschild. No entanto, seus tios não podem, ou não querem, controlá-la, e você não parece querer ouvir a voz da razão. Então não tenho escolha a não ser revelar algo que jurei a mim mesmo jamais contar a outra pessoa e que temo que só irá machucá-la... além de mexer em feridas dolorosas para mim também.

Victoria achou o discurso muito digno e nobre. Ela sabia, é claro, o que viria a seguir. Jacob revelaria sua paixão não correspondida, e ela, obviamente, agiria de forma surpresa, como se a ideia de que ele pudesse estar apaixonado por ela jamais tivesse passado pela cabeça da jovem. Então educadamente Victoria explicaria que não sentia o mesmo e iria esperar que o capitão não fizesse nada precipitado.

— Mas a verdade é, Victoria... — Naquele momento o capitão inclinou a cabeça escura, como se não conseguisse continuar.

Meio irritada porque o rapaz simplesmente não desembuchava logo — certamente a tia dela notaria, mais cedo ou mais tarde, que ela estava no terraço com ele havia bastante tempo, e se perguntaria o que os dois estavam fazendo e tentaria abrir a porta —, a jovem decidiu apressar as coisas. Gentilmente lhe colocando uma mão sobre o braço, Victoria disse com a voz mais reconfortante que conseguia:

— Capitão Carstairs, não precisa dizer mais nada. Veja, eu já sei.

Ele olhou para cima, e, naquele exato instante, as nuvens se mexeram, fazendo com que a lua projetasse uma luz azulada sobre a sacada e revelasse a dor e a tristeza resignadas que estavam gravadas no rosto de Jacob.

— Você sabe? — perguntou ele num tom espantado. — Mas como... como descobriu?

— Não importa — respondeu ela seriamente. — O que importa é... bem, o que vamos fazer sobre isso.

— Fazer sobre o quê? — O rapaz levantou o braço para passar a mão pelo cabelo escuro e grosso, e os dedos de Victoria escorregaram do braço dele. Mas ele nem pareceu notar. — Do que está falando? Não é óbvio o que você precisa fazer?

Victoria reparou que o capitão estava bem próximo ao corrimão da sacada. Ela sabia que teria de ser muito cuidadosa. Embora a ideia de Jacob Carstairs se ferindo devido ao imenso amor que sentia por ela fosse, é claro, maravilhosa, a jovem precisava admitir que ele faria falta caso partisse, por mais que a irritasse tanto. Ninguém jamais a fitara com olhos que pareciam ver diretamente dentro de seu coração — mesmo que o Capitão Carstairs nunca tivesse dado qualquer indicação de que gostava do que via ali.

Além disso, ela sabia que a morte do rapaz traria muito sofrimento à mãe deste, e a Sra. Carstairs era uma mulher realmente adorável, que Victoria não gostaria de ver infeliz.

— Sinceramente, Jacob — retrucou ela, usando inconscientemente o primeiro nome dele pela primeira vez desde que tinham se conhecido. — Acho que está fazendo uma tempestade num copo d'água. Tenho certeza de que é só algo... passageiro.

— Passageiro? — O rapaz a encarou como se uma segunda cabeça tivesse brotado nela. — Que Hugo Rothschild está se casando com você por seu dinheiro? Não acho que o seja, não.

Capítulo 9

Bastante surpresa com aquela declaração, Victoria piscou diversas vezes antes de conseguir balbuciar alguma coisa.

— O... o quê?

Jacob olhou para baixo, na direção dela, com os olhos tomados por sombras, pois a lua se escondera atrás das nuvens novamente.

— Foi *isso* que você quis dizer, não foi? — perguntou ele. — Quando disse que já sabia. Não foi?

— Eu... — Victoria estava feliz por a lua ter sumido. Assim, embora não pudesse lhe interpretar a expressão, pelo menos sabia que o capitão também não a via corar.

A jovem tinha ficado extremamente ruborizada. Ai, como fora idiota por pensar que ele estava apaixonado por ela! É claro que ele só queria insistir no mesmo assunto de sempre. Jacob Carstairs, apaixonado por ela? Imagine só!

Mas Victoria precisava admitir que estava bem decepcionada por aquele não ser o caso... o que não fazia sentido algum, é claro, pois ela era apaixonada por Hugo. *Por que* se importaria com o que Jacob Carstairs sentia?

— Óbvio que imaginei que você queria dizer isso — afirmou a jovem, sacudindo a cabeça com arrogância. — O que mais *poderia* ser?

Então foi a vez de Jacob piscar.

— Não sei — respondeu ele. — Mas certamente não parece muito afetada.

— Bem, não é exatamente nada novo — comentou Victoria, contente por ele não ter notado o quanto ela estava desconfortável. — Você tem falado isso, ou pelo menos algo similar a isso, desde que aceitei o pedido do conde.

— Sim, bem... — Victoria nunca o vira com uma expressão tão séria. — Agora pretendo contar a verdade sobre seu querido conde, a verdade que apenas eu e outras poucas pessoas sabem. E, devido ao tipo de informação que estou prestes a revelar, gostaria de pedir que você jurasse nunca mencionar isso a ninguém, jamais.

— Jurar não é apropriado para uma dama — lembrou ela, endireitando-se.

— Assim como não é apropriado para uma dama atacar moleques de rua — argumentou Jacob. — Mas isso não a deteve no outro dia.

Victoria levantou o olhar em direção ao céu.

— Muito bem — concordou ela, suspirando. — Eu juro. — Em seguida, talvez por estar um pouco desapontada porque o capitão realmente não declararia eterna devoção a ela, Victoria adicionou com bastante rispidez:

— E agora imagino que vá me contar uma historinha de mau gosto sobre uma menina qualquer que Lorde Malfrey pediu em casamento e depois descartou quando soube que ela não tinha tanto dinheiro quanto ele esperava.

— Eu usaria a palavra patética, e não de mau gosto — retrucou Jacob, bruscamente. — E não foi uma *menina qualquer*. Foi minha irmã.

Rapidamente Victoria voltou a encarar o capitão.

— Sua... sua irmã? — repetiu ela. — Mas...

E novamente a jovem ficou grata pelas nuvens nubladas esconderem suas bochechas, que de repente pegavam fogo. A *irmã* dele? Aquela de quem a Sra. Carstairs falara, que estava casada e tivera um bebê? A irmã de Jacob Carstairs e... *Hugo*?

Mesmo sem o luar, ele deve ter percebido a perplexidade em seu rosto, pois disse com seriedade:

— Sim, minha irmã, Margaret. Ela se casou com um escocês e mora em Edimburgo; caso contrário, você já a teria conhecido. Ela é muito bela e foi bastante cortejada ao ser apresentada à sociedade há alguns anos.

— Eu... — Victoria estava tão espantada que mal sabia o que dizer. Tudo que conseguia pensar era: *Minha nossa!* Agora haveria apenas intermináveis problemas e lágrimas para todos os envolvidos.

Como Jacob tinha ficado em silêncio, ela supôs que ele esperava uma resposta de algum tipo, então murmurou:

— Eu não sabia.

— Não — retrucou ele, parecendo impaciente. Visivelmente aquela não era a resposta aguardada. — Como poderia saber? Você nem tinha chegado à Inglaterra ainda. De qualquer modo, Margaret poderia ter escolhido qualquer pretendente, mas o que ela mais gostava era o homem de quem você está noiva no momento, Hugo Rothschild. Ele ainda não era Lorde Malfrey... seu pai ainda estava vivo, assim como o meu. Os dois eram amigos, o pai de Malfrey e o meu. Assim, Margaret e Rothschild estavam frequentemente juntos, e acho que um noivado era inevitável. No entanto, três semanas antes do casamento, houve um desastre. Meu pai perdeu diversos navios no mar devido a uma série de tempestades. A fortuna parecia perdida. A pressão foi demais; ele acabou adoecendo e nunca se recuperou inteiramente, morrendo apenas seis meses depois.

Victoria, que mal se lembrava do próprio pai, disse:

— Sinto muito. — Pois aquilo parecia a coisa certa a se dizer. Mas novamente Jacob ignorou a resposta.

— Enquanto tudo isso acontecia, a doença de meu pai e a perda dos navios, Hugo Rothschild disse para minha irmã que, no fim das contas, não poderia se casar com ela. Eles não teriam do que viver, entende, pois o pai de Hugo também não tinha um tostão no próprio nome. Margaret sugeriu que ele arrumasse um emprego... uma ocupação. Mas sabe como são os Rothschild — então a voz do capitão adquiriu um tom de escárnio. — Eles estão acima de ganhar a vida trabalhando de verdade. Preferem viver como parasitas, se alimentando dos ganhos alheios.

E então Hugo deixou minha irmã e foi embora de Londres, e nunca mais tivemos notícias dele... até ele aparecer no *Harmonia*, o que achei o cúmulo da ousadia: retornar a Londres em um de *meus* navios. Pois, após a morte de meu pai, eu assumi a empresa e a reergui.

Victoria, que já ouvira aquela parte da história pela boca de Rebecca, não pôde deixar de admirar a contenção narrativa de Jacob Carstairs. Afinal, o rapaz não tinha simplesmente reconstruído a empresa do pai, como descrevia, e sim começado uma nova empresa praticamente do zero, que crescera num período de tempo muitíssimo curto... durante o mesmo período em que Lorde Malfrey estivera, se aquela história estivesse correta, escondido e envergonhado a milhares de quilômetros.

Se aquilo fosse verdade, era realmente uma acusação muito séria contra o noivo de Victoria. Um noivado rompido — e por um motivo assim! — não era algo facilmente perdoado. Não era de surpreender que Hugo não tivesse aparecido na Inglaterra por tantos anos.

Mas, ainda que sentisse muito pela irmã do capitão, que sem dúvida ficara com o coração partido e fora menosprezada além do que ela seria capaz de imaginar, Victoria não podia ser insensível ao fato de que não fora uma situação fácil para o noivo também. Seria possível culpar Lorde Malfrey por querer se casar pelo dote após tentar arrumar dinheiro de outras formas?

Mesmo assim, se o que Jacob havia contado fosse verdade — e ela não via razão para ele mentir, considerando que a história poderia facilmente ser verificada —, o conde não agira nada bem. Afinal, por mais que Victoria tivesse aprendido quase tudo que sabia sobre histórias de amor com a dama de companhia, havia uma coisa ainda mais importante que aprendera com os tios: o espírito esportivo. Ou seja, aceitar as perdas com elegância e passar pelas dificuldades com coragem. Fugir para a Índia e abandonar a noiva podia ser a saída mais fácil — por que quais seriam as chances daquela relação dar certo se não havia dinheiro nem amor? Não estava claro pelo comportamento do conde que ele não amava a irmã de Jacob? Ainda assim, aquela atitude não demonstrava muito espírito esportivo. Um jogador deveria arriscar e, caso os riscos não fossem frutíferos, deveria enfrentar e aceitar as perdas de frente.

Mas Lorde Malfrey não fizera aquilo. Ele fugira. E, para Victoria, essa era uma ofensa muito maior que se casar por dinheiro.

No entanto, obviamente a jovem não podia dizer aquilo em voz alta. Agora via que fora um erro terrível concordar em se casar com o conde. Mas não seria muito desportivo da parte dela admitir o erro para alguém antes de dar ao noivo uma chance de se defender contra tais acusações.

E ela *jamais* admitiria aquilo para alguém como Jacob Carstairs!

Então, disfarçando a própria sensação de orgulho ferido e, era preciso confessar, uma certa mortificação também — afinal, nenhuma moça gostava de ouvir que o homem que ela acreditava apaixonado por ela, na verdade, ia se casar apenas por dinheiro; mesmo uma menina que se dissesse perfeitamente em paz com aquela ideia e que já suspeitasse daquilo desde o começo —, Victoria disse ao capitão:

— Obrigada por me contar. Fico contente por saber que a dor de sua irmã não durou tanto tempo e que ela está feliz agora. — Em seguida, endireitando-se, a jovem gesticulou para as portas do terraço. — Agora poderia, por favor, destrancar as portas? Pois eu gostaria de entrar novamente, se for possível.

Naquele momento o Capitão Carstairs, que ficara muito próximo de Victoria durante o discurso exaltado sobre a irmã, fitou-a com uma expressão tão espantada quanto se ela tivesse sugerido que ele andasse descalço por um caminho de carvão em brasa.

— Lady Victoria — disse ele, com uma voz que soava um pouco sufocada. — Nunca ousaria dizer a você o que fazer...

Ela não conseguiu deixar de soltar uma risada incrédula ao ouvir aquilo, mas Jacob a ignorou.

— ... contudo — continuou ele —, peço que considere com muita cautela se deve mesmo se casar com o conde. Ele não é... bem, não é um homem muito decente. E, ainda que eu e você tenhamos tido nossas diferenças, milady — naquele instante os olhos do rapaz se concentraram intensamente nos dela —, realmente acredito que, na maior parte das ocasiões, sua interferência extremamente impertinente nos assuntos alheios vem de um desejo genuíno de fazer o bem.

Victoria abriu a boca para argumentar que *interferência* dificilmente era o termo correto aos esforços muito gentis de sua parte para melhorar a vida de parentes e amigos...

... mas esqueceu tudo que estava prestes a dizer ao ver uma das mãos envolvida na mão do Capitão Carstairs. Ao olhar os próprios dedos finos entrelaçados aos dedos bem maiores, por alguma razão, sentiu o ar preso em sua garganta.

O que era totalmente ridículo, é claro, porque ela não admirava o Capitão Jacob Carstairs, nem mesmo se importava com ele. Na verdade, Victoria o considerava exatamente o que ele acabara de confessar sobre ela — um intrometido grosseiro. Só que, em vez de o rapaz se meter nos assuntos daqueles menos afortunados, ele parecia querer interferir constantemente somente nos assuntos *dela*.

Sem dúvida aquele fato, e somente aquilo, explicava por que o pulso de Victoria tinha acelerado no momento em que os dedos do capitão se fecharam sobre os dela. E o motivo pelo qual a respiração da jovem ficara mais curta. E as bochechas pareceram pegar fogo. Ora, que audácia daquele homem! Aquilo e também o fato de que Jacob parecia esquadrinhar seu rosto com os olhos cinzentos, recolhendo cada pequeno detalhe visível com o luar — pois a lua, é claro, *tinha* de sair novamente naquele instante, quando era mais inconveniente. Ora, quem Jacob Carstairs pensava que era?

— Seria vergonhoso — prosseguiu ele, segurando firmemente a mão que Victoria tentava soltar sem sucesso, embora o rapaz não parecesse notar... ou mesmo se importar. — *Constrangedoramente* vergonhoso — adicionou Jacob com ênfase —, caso se unisse a um homem que nunca considerou fazer nada pelo bem de outra pessoa que não ele mesmo.

Para além de toda a razão e para seu horror, a jovem se viu sendo puxada hipnoticamente em direção a Jacob Carstairs, como se os olhos dele fossem a lua, e ela, a maré. Não havia qualquer lógica, mas ali estavam eles, e não parecia ter absolutamente nada que ela pudesse fazer. Enquanto se encaravam, com os rostos a apenas centímetros de distância, o corpo de Victoria dava a impressão de oscilar para preencher o espaço entre eles, de uma maneira que sua dama de companhia sem dúvida desaprovaria imensamente.

Mas aparentemente ela não conseguia se deter, por mais que aquilo contrariasse qualquer lógica. Victoria nem mesmo *gostava* de Jacob Carstairs. Ah, sim, claro, ela supunha que ele podia ser considerado atraente, de um jeito meio sombrio e pensativo. Mas aquele colarinho! E aquela boca — sem contar as coisas que saíam constantemente de lá! Como era possível que a jovem se sentisse atraída por uma pessoa assim?

E quanto a *ele*? Afinal, Jacob Carstairs já deixara perfeitamente claro que Victoria não estava entre suas pessoas favoritas. No entanto, o capitão não tinha largado a mão dela, nem se afastara com repulsa quando ela começara a andar em sua direção. Na realidade, fazia exatamente o contrário. *Ele* também ia na direção de Victoria, como se não conseguisse parar, assim como ela...

Então a pior coisa do mundo aconteceu. Jacob Carstairs moveu-se tanto para a frente que a boca colidiu mesmo com a dela.

E, quando Victoria se deu conta, os dois estavam se beijando. Ela e Jacob Carstairs, o último homem na face da Terra cujos lábios *algum dia* ela quis tocar. Estavam se beijando! E bastante intensamente também. O rapaz lhe largara a mão para segurá-la pelos braços, como se temesse que o corpo de Victoria oscilasse tanto para a frente que os dois acabassem caindo por sobre o corrimão da sacada, caso ele não os impedisse.

E ela não estava muito melhor! Pois seus dedos tinham agarrado, como se por conta própria, a nuca do capitão, embora Victoria não conseguisse de forma alguma dizer como eles haviam ido parar ali, a não ser que Jacob Carstairs os tivesse induzido... o que ela achava até bem possível vindo dele.

Mas, nossa! Era estranho como a sensação de tê-los ali era boa. Mais estranho ainda era o quanto a sensação de ter a boca de Jacob Carstairs sobre a dela era maravilhosa! O que era totalmente ridículo, é claro, afinal Victoria o odiava — odiava-o intensamente e, além disso, estava noiva de outra pessoa... embora não estivesse muito certa de quanto tempo aquilo duraria, graças às descobertas daquela noite.

Talvez exatamente por *odiar* Jacob Carstairs tão intensamente seu beijo era tão incrível e empolgante. Afinal, tanto o amor quanto o ódio são emoções muito fortes, então naturalmente incitam reações também intensas. Ela amava Lorde Malfrey — ou pelo menos gostava bastante dele —, consequentemente ser beijada por ele era bem agradável. Dessa forma, não era esperado que uma sensação semelhante fosse produzida ao ser beijada por alguém por quem ela sentia algo tão forte quanto o que sentia pelo conde — se não ainda mais forte?

Exceto, é claro, pelo fato de que achava pouco provável que ser beijada por alguém que você detestasse tanto deveria suscitar qualquer coisa além de repulsa. E, estranhamente, Victoria não se sentia nem um pouco enojada pelos beijos de Jacob Carstairs.

Minha nossa! Pela primeira vez desde que deixara a Índia, a jovem se viu desejando a sabedoria da dama de companhia, que certamente teria conseguido esclarecer aquele mistério perturbador. Ela, sim, conseguiria explicar de maneira satisfatória por que, mesmo odiando Jacob Carstairs, o toque de seus lábios fazia com que o coração da jovem batesse tão rápido a ponto do peito parecer prestes a explodir. O coração de Victoria jamais ficara assim com os beijos de Lorde Malfrey... e ele era seu noivo! Algo que certamente estava muito, muito errado...

Especialmente considerando que, quando Jacob afastou os lábios e começou a dizer seu nome numa voz meio rouca, bem diferente da voz normal, Victoria apenas o puxou para baixo e recomeçou a beijá-lo ainda mais intensamente.

Imagine o que poderia ter acontecido caso não tivessem sido interrompidos. Victoria estremeceu ao pensar naquilo mais tarde. Ele poderia tê-la pedido em casamento, e ela poderia — *Ha! Que piada!* — ter aceitado.

Felizmente, no entanto, alguém tentou abrir a porta do terraço, e, ao ouvirem o barulho, os dois deram um salto, afastando-se; Victoria, com bochechas que certamente estavam vermelhas, e Jacob, com um cacho do cabelo escuro caindo displicentemente sobre um dos olhos.

— Vicky? — chamou Rebecca, girando a maçaneta. — Vocês dois ainda estão aí fora? Por que a porta não está abrindo? Está emperrada?

Com uma tranquilidade mental que Victoria invejou, o capitão pegou a chave no bolso do colete.

— Sim — respondeu ele num tom de voz bem mais firme que Victoria teria conseguido. — Às vezes fica emperrada quando chove. — Então, com um último olhar penetrante e indecifrável, pelo menos para a jovem, na direção de Victoria ele girou a chave e abriu a porta.

— Ah — disse ele, sorrindo no retângulo de luz que vazou da sala de estar, e parecendo bem mais charmoso que qualquer homem que Victoria já havia visto. — Pronto. Assim está melhor. Lady Victoria, vai entrar?

Totalmente incapaz de encarar qualquer um nos olhos — principalmente o homem que acabara de beijar —, a jovem correu para dentro, onde foi acusada imediatamente pela tia de ter pego uma gripe enquanto estava do lado de fora, por causa do rosto corado. Então, assim que voltou para casa, Victoria foi mandada diretamente para cama com um tijolo quente... o que não a incomodou nem um pouco. Afinal, naquele momento, sua cama parecia ser o único lugar de Londres no qual estava segura das divagações do próprio coração.

Capítulo 10

Diante do espelho do quarto que dividia com Rebecca, Victoria avaliava o resultado das duas mechas de cabelo castanho que ela enrolara cuidadosamente com os dedos indicadores. Não era o ideal, mas precisaria deixar daquele jeito. Não tinha tempo para esperar por Mariah e o ferro de cabelo.

— Nossa! — Ainda de robe e com as próprias mechas presas por vários pedaços coloridos de tecido, Rebecca rolou na cama e exclamou: — Ai, Vicky, você *tem* de ouvir essa parte; é muito romântica!

E antes que Victoria pudesse argumentar que já tivera sua dose de romance, obrigada, a jovem leu em voz alta a carta que recebera mais cedo do extremamente prolífico Sr. Abbott.

— "Seus lábios" — leu ela — "são como cerejas tocadas pelo sol. A pele, o mais puro creme. Os cabelos são dourados como mel, e sua voz, um sonho orquestral..."

— Que encantador! — comentou Victoria educadamente, evitando questionar o que seria um sonho orquestral.

— É um poeta muito talentoso, não é? — Rebecca rolou novamente, dessa vez ficando de costas enquanto segurava a carta com os braços esticados, admirando de longe a caligrafia masculina. — Eu disse a ele que precisava escrever um livro. Um livro de poesia. Poderia dedicá-lo a mim. Não gostaria de ter um livro de poesia dedicado a você, Vicky?

Desistindo dos cachos, Victoria pegou seu segundo melhor chapéu, pois, ao olhar rapidamente pela janela, viu que caía um temporal lá fora (novidade, não?) e não queria arriscar o chapéu preferido naquele dilúvio.

— Sim — respondeu ela, sem realmente ter escutado a pergunta.

— Acho que não existe a menor possibilidade de isso acontecer com você, não é mesmo, Vicky? — A menina olhou dissimuladamente para a prima. — Tenho certeza de que Lorde Malfrey não escreve poesias. Ele não chega nem perto de ser tão intelectual quanto Charles, não é?

— É — afirmou Victoria distraidamente. — Viu meu guarda-chuva, Becky? Ou será que o deixei lá embaixo?

— Não sei — respondeu ela. — Deveria mesmo sair, Vicky? Afinal, ontem à noite você parecia prestes a morrer. Aonde vai, de qualquer modo, numa manhã tão sombria?

— Tenho um compromisso — explicou Victoria lacônica. — Com Lorde Malfrey.

— Com Lorde Malfrey? Bem, certamente pode adiá-lo. — Rebecca olhou com atenção para as janelas. — Não pode ser tão importante a ponto de valer a pena sair nessa chuva.

— É, sim — retrucou a jovem, calçando as luvas. — Acredite.

— Acho que está exagerando. Sem dúvida ele entenderia se você mandasse um bilhete combinando para ver mais tarde, quando a chuva parasse. A última coisa que deveria querer, Vicky, é ficar de nariz vermelho no dia do casamento. E, se continuar nesse ritmo, certamente é o que vai acontecer. Entre — instruiu Rebecca em resposta a uma batida à porta.

Mariah abriu a porta, então fez uma reverência rápida, exatamente como Victoria ensinara.

— Peço perdão, senhorita — disse ela, muito respeitosamente, para Rebecca. — Mas o Capitão Carstairs está lá embaixo e gostaria de uma palavra com Lady Victoria.

Victoria não parou conforme colocava um lenço e diversos grampos de cabelo na bolsa.

— Diga ao capitão que não estou — respondeu ela, sem olhar para cima.

Rebecca apoiou a carta e olhou para a prima com curiosidade.

— O Capitão Carstairs? Aqui tão cedo? E com esse tempo? Vicky, sem dúvida é algo muito importante para ele aparecer com essa chuva. Não pode deixar de vê-lo.

— Diga ao Capitão Carstairs que saí — explicou Victoria para Mariah. — E que você não sabe quando voltarei.

A criada fez outra reverência e estava prestes a sair quando Rebecca a impediu.

— Fique, Mariah — pediu ela, sentando-se e levando o olhar à prima. — Vicky, pense um pouco. Não pode dizer que não está aqui quando está prestes a sair. Imagine se ele a flagrar saindo de casa?

— Não me importo — retrucou ela sombriamente. — Mariah, diga a ele que estou de cama e com dor de cabeça.

Dessa vez Rebecca não tentou impedir a moça, que fechou a porta silenciosamente em vez de batê-la, como fora seu costume antes de Victoria reeducá-la.

— Vicky! — exclamou a jovem. — Está sendo muito grosseira com o pobre Capitão Carstairs! Mais que o normal. Por acaso ele disse algo que a deixou aborrecida ontem à noite?

— Não — informou Victoria, pegando o casaco.

— Bem, então... por acaso ele insultou você?

— Não — disse ela, jogando a capa sobre os ombros e fechando-a.

— Então por que não quer vê-lo? — indagou Rebecca.

A jovem não podia, é claro, dizer a verdade à prima — isto é, que ela sabia exatamente por que Capitão Carstairs estava lá embaixo tão cedo e num dia tão chuvoso. Ele já havia mandado por mensageiro um bilhete que continha apenas duas palavras... mas duas palavras que tinham feito cada fibra do corpo de Victoria vibrar, mesmo que ela tivesse rapidamente amassado a mensagem para escondê-la sob o prato de bacon:

Precisamos conversar.

Seu, J. Carstairs

Ela não ficara surpresa ao ver que a letra do capitão era exatamente como ele: firme e corajosa.

Bem, Jacob Carstairs teria uma surpresa desagradável caso estivesse achando que Victoria era igual aos homens de sua tripulação e humildemente faria o que quer que fosse ordenado. A jovem não sabia por que o beijara daquele jeito — ficara acordada basicamente a noite inteira tentando entender aquilo —, mas, por ela, era um mistério que poderia eternamente permanecer sem solução. Victoria não tinha nenhuma intenção de "conversar" com o capitão sobre o assunto... nem com qualquer outra pessoa, na verdade.

— Porque já estou bastante atrasada — respondeu ela para Rebecca, tentando soar casual. — Adeus.

Então, antes que a prima pudesse dizer qualquer coisa, Victoria saiu às pressas do quarto que as duas dividiam e correu pelo corredor em direção às escadas dos criados. Como já havia falado para o capitão que estava de cama com dor de cabeça, não queria esbarrar com ele na entrada naquele instante.

Mas não fora com Jacob Carstairs que ela dera de cara enquanto seguia rapidamente pela escadaria, e sim com a segunda prima mais velha, Clara, sentada no degrau enquanto se debulhava em lágrimas de uma maneira que deixaria muitas intérpretes de Shakespeare no chinelo.

Ai, céus, pensou Victoria, levantando o olhar para o teto. Será que seu trabalho com aquela família nunca teria fim? Será que teria de ajudar para sempre um Gardiner após o outro, salvando-os de qualquer que fosse a crise pessoal que os havia acometido?

Soltando um suspiro, a jovem abaixou-se ao lado de Clara, com seu choro intermitente, e disse:

— Vamos lá, Clara, seque os olhos e me conte tudo. Não tenho muito tempo, pois uma carruagem me espera à porta, então tente ser sucinta.

A menina soluçou, limpou o nariz com a mão (levando Victoria a pegar o lenço limpo dentro da bolsa para lhe oferecer) e falou:

— Ah, prima Vicky. Eu... eu t-tenho tanto medo de nunca encontrar meu verdadeiro amor.

Victoria assentiu.

— Ora, mas você só tem 14 anos — comentou ela secamente. — Não é como se não tivesse tempo.

— Mas imagi-i-ne se eu nunca o conhecer? — questionou Clara, com os olhos azuis arregalados e cheios de lágrimas. — Ou imagine se já o conheci e o deixei escapar? Imagine se o verdadeiro amor de minha vida for Robert Dunleavy? Na semana passada, eu disse que os dentes dele me lembravam um... um cemitério!

Victoria levantou as sobrancelhas ao ouvir aquilo.

— Isso não foi gentil. Mas o quê...?

— Ah, sabe — disse Clara, exasperada. — Cada dente vai para uma direção, como lápides, só que dentro de sua boca.

Victoria assentiu.

— Bem, certo. Acho pouco provável que o Sr. Dunleavy pense em você com carinho depois do que disse para ele. Mas também é bem pouco provável que o Sr. Dunleavy seja seu amor verdadeiro. Ou, caso venha a ser, pelo menos você ainda tem diversos anos antes de estar disponível e de as coisas ficarem desesperadoras. É possível que nesse ínterim o Sr. Dunleavy tenha esquecido esse comentário infeliz.

Fungando, a menina perguntou:

— Prima Vicky, se eu chegar aos 17 ou 18 anos, a mesma idade de Becky, e não tiver achado o amor de minha vida, você o encontra para mim? Como fez com Becky? Por favor? Tiraria um peso tão grande de mim.

Victoria prometeu solenemente que faria aquilo, e Clara, alegrando-se, secou os olhos e saiu correndo. Então a jovem alisou a saia e voltou a descer as escadas, apenas para encontrar o caminho logo a seguir bloqueado por ninguém menos que o próprio Jacob Carstairs!

Era óbvio que o capitão estivera ali havia algum tempo, antecipando sua fuga. E também que entreouvira toda a conversa com Clara.

— Robert Dunleavy — observou ele rispidamente, fechando com os ombros largos a passagem de Victoria na escadaria estreita — terá cinco mil libras por ano e uma propriedade em Devonshire um dia. Considerando tudo isso, acho que Clara poderia aprender a lhe ignorar os dentes.

Surpresa ao vê-lo ali, tudo que Victoria conseguiu fazer foi permanecer ereta. Seu coração parecia ter parado na garganta, e ela precisou se segurar em ambos os lados da escada estreita para não cair.

— Você! — exclamou a jovem com raiva, ou pelo menos foi o que disse para si mesma. Porque certamente só podia ser raiva, muita raiva, que fazia com que os joelhos

tremessem e as bochechas queimassem. — O que você...
Como ousa... Por que não está na sala de estar, onde
Mariah o deixou?

— Queria que eu esperasse na sala de estar como
um idiota enquanto você saía de fininho pela porta dos
fundos? — Jacob Carstairs sorriu de um jeito que ela
achou *absolutamente* insolente. — De jeito algum, não
sou imbecil. Sabia que você fugiria. É bem seu tipo. Mas
por que não quer conversar comigo? E aonde pensa que
vai com essa chuva?

Furiosa porque entraria naquela discussão sem ter tido
tempo de se preparar mentalmente — ela passara a noite
toda ensaiando para um confronto com uma pessoa bem
diferente —, Victoria soltou:

— Não é de sua conta! Não preciso dar explicações a
você. Não sou sua. Agora saia da minha frente.

O capitão pareceu achar a ira da jovem extremamente
engraçada — o que só serviu, é claro, para aumentá-la.

— Longe de mim — respondeu ele, com uma risada
— ficar no caminho de uma abelhuda metida como você.
Tenho certeza de que está indo para alguma missão mise-
ricordiosa. Alguma outra dama inocente que talvez precise
de ajuda para encontrar... como foi que Clara disse? O
verdadeiro amor de sua vida?

Victoria estava de pé no degrau acima do dele, fervilhando por dentro. A irritação era tanta que sequer conseguia pensar em uma palavra para dizer.

— Pobre Senhorita Abelhuda — continuou ele. —
Primeiro Rebecca, agora Clara. Como vai encontrar o

verdadeiro amor da própria vida se está tão ocupada ajudando os outros a encontrar os deles?

Victoria não era uma criatura violenta por natureza. Mas sentia que realmente tinha chegado ao limite e aquele comentário sarcástico fez com que ela estourasse. Como — *como* — ele podia ser tão insensível depois do que contara a ela sobre Lorde Malfrey na noite anterior?

Então ela colocou as mãos firmemente sobre o casaco do capitão e o empurrou contra a parede com o máximo de força que conseguia. Em seguida, conforme Jacob tentava se equilibrar, Victoria passou rapidamente pelo rapaz e desceu correndo o restante da escada, ignorando os gritos de "Lady Victoria!". A jovem já estava em segurança dentro da carruagem dos Gardiner quando Jacob Carstairs saiu às pressas de dentro da casa, parecendo bastante arrependido... e, como ela notou com satisfação, bastante molhado.

Victoria recostou-se no banco de couro, mas não conseguia relaxar. Como poderia, sabendo da tarefa terrível que a esperava? Também estava profundamente descontente com Jacob Carstairs, pois, ao esbarrar com ele na escada daquele jeito, o capitão conseguira destruir por completo o pouco de tranquilidade que ela possuía. O que a deixava tão agitada diante daquele homem? A jovem jamais conhecera alguém com a capacidade que ele tinha de lhe despertar o pior.

Bem, não ia mais pensar em Jacob Carstairs. Tinha problemas bem mais urgentes no momento... e o principal deles era que ela estava chegando na casa onde Lorde Malfrey e a mãe alugavam quartos para a temporada.

Victoria inspirou profundamente para se acalmar e pegou nos cachos para os enrolar uma última vez com as mãos enluvadas. Não estava nada feliz sobre o que sabia que teria de fazer naquele momento. Mas havia uma chance — *sempre* havia — de o Capitão Carstairs ter subestimado o conde... Ou mesmo de Hugo ter aprendido a lição e ter crescido como pessoa durante o tempo que passara fora. Quem sabe simplesmente não tinha amado Margaret Carstairs? Quem sabe ele...?

A carruagem parou, e o criado dos Gardiner abriu a porta para Victoria, segurando o guarda-chuva conforme a jovem descia. Em seguida ela caminhou até a porta da frente.

Lorde Malfrey estava em casa — como tinha prometido que estaria quando Victoria lhe enviara uma mensagem, mais cedo naquele dia. Esperava até mesmo por ela na sala de estar alugada que dividia com a mãe. A viúva, no entanto, não se encontrava ali; para o alívio da jovem. O conde informou que ela ainda dormia, pois a chuva a deixava depressiva.

Ao ouvir aquilo, Victoria disse que sentia muito, e então recusou a bebida quente que Lorde Malfrey ofereceu para afastar o frio da manhã. Permanecendo em silêncio por um instante para organizar os pensamentos, ela se sentou no banco que ele ofereceu. Lá fora, a chuva caía. Dentro da sala de decoração um pouco ostentosa, Lorde Malfrey parecia ainda mais atencioso que o costume enquanto lhe elogiava os cachos, que estavam meio desfeitos devido ao clima, Victoria sabia bem.

Finalmente, depois de olhar para o conde por um tempo, perguntando-se como poderia um dia — um dia! — ter achado Jacob Carstairs bonito, quando Hugo Rothschild era visivelmente um ser fisicamente superior, a jovem criou coragem e disse:

— Receio ter recebido péssimas notícias, milorde.

Lorde Malfrey, que escolhia uma música para tocar no piano, não parecia preocupado.

— Sério, meu amor? Não me diga que seu vestido de noiva não ficará pronto a tempo. Eu avisei que fosse à Madame Dessange. A Brown é absurdamente mais cara e nunca entrega nada no prazo.

— Não é sobre o vestido — respondeu Victoria de seu assento, mantendo o olhar sobre as mãos enluvadas e cruzadas firmemente sobre a perna. — São meus tios. Recebi uma carta de seus procuradores que receio conter... conter notícias ruins.

O conde tirou os olhos bruscamente do teclado, os olhos azuis realmente penetrantes.

— Estão bem, não estão? — perguntou ele. — Seus tios? — Então, com menos urgência, continuou: — Ah, eles são os irmãos de sua mãe, não são? Tinha esquecido.

Victoria estremeceu. A avidez de Lorde Malfrey para saber se um de seus tios estava prestes a morrer — e possivelmente deixar outra herança para ela — não era um bom sinal. O pai da moça, é claro, fora aquele com o título de nobreza e com a fortuna. Os tios não tinham nada além da pensão militar para viver.

Ao perceber isso, o rapaz voltou a parecer despreocupado e começou a executar, embora não muito bem, outra melodia.

— Meus tios estão bem — prosseguiu Victoria, meio irritada. Aquilo não estava indo nem um pouco como havia planejado. Talvez ela não estivesse agindo de forma incomodada o suficiente. Nossa, o que não daria pela habilidade de produzir lágrimas dramáticas quando quisesse, como a prima Clara! — É só que... houve um erro terrível.

— Erro? — Lorde Malfrey tocou mais algumas notas. Aparentemente tentava tocar uma versão de "Pop! Goes the Weasel". — Que tipo de erro?

— Temo que seja um erro bem grave — respondeu Victoria. — Apenas agora os procuradores descobriram uma cláusula adicional no testamento de meu pai.

Ao ouvir aquilo, o rapaz levantou o olhar.

— Cláusula? Que tipo de cláusula?

— Uma bem boba, na verdade — comentou ela. — Meu pai sempre foi absurdamente superprotetor comigo, desde criança, sabe? E... bem, logo antes de sua morte, ele inseriu uma cláusula no testamento, dizendo que eu deveria herdar inteiramente a fortuna... mas apenas se eu me casasse depois dos 21 anos.

A tampa do piano caiu com força, felizmente não sobre os dedos do conde, embora apenas por centímetros. Mas pelo visto ele não notou. Hugo Rothschild continuou sentado exatamente no mesmo lugar, encarando-a fixamente. Toda a cor do rosto parecia ter sumido.

Com o coração pesado, Victoria pensou que aquilo não era um bom sinal.

Capítulo 11

Ah, bem. Ela não deveria ter ficado surpresa.

Victoria tinha passado a noite inteira acordada, ensaiando exatamente o que diria a Lorde Malfrey. Não conseguira deixar de fantasiar sobre como ele reagiria. Nas fantasias, quando confessava que não teria direito à herança, a menos que não se casasse até os 21 anos, o conde respondia, com uma risada máscula, que entendia perfeitamente e que esperaria até o fim dos dias por ela.

E tudo terminava bem.

Mas não parecia que as coisas aconteceriam assim na vida real.

A jovem jamais se esquecera de uma história que a dama de companhia gostava de contar quando ela era criança na hora de dormir. Era sobre um marajá que queria tanto ter certeza de que se casaria com uma mulher que o amasse por quem ele era, e não pela fortuna que possuía,

149

que ordenou a construção de um casebre um pouco distante de seu palácio. Então, ao conhecer uma moça atraente que não sabia de sua imensa fortuna e achou que ele era apenas um pescador pobre (pois tinham se conhecido na beira do rio), o homem não fez nada para convencê-la do contrário. Em vez disso, casou-se imediatamente e a levou para o casebre. Sem saber que o homem para quem fizera juras de amor era um marajá, a mulher estava bem satisfeita no humilde lar e teve alegremente meia dúzia de filhos antes de o marido por fim se convencer de seu amor e dar a notícia: na verdade, ele não era um pescador, e sim o homem mais rico da Índia.

A esposa reagiu, batendo na cabeça dele diversas vezes com uma panela (pelo menos de acordo com a dama de companhia de Victoria) de tão zangada que ficara porque o casal tinha passado anos sem nada enquanto o tempo inteiro o homem tivera milhões de toneladas de ouro à disposição. Mas, enfim, superou a raiva e se mudou com o marido e com as crianças para o palácio, onde provou ser uma líder graciosa e compassiva, vivendo feliz por muitos e muitos anos.

Se Lorde Malfrey tivesse respondido como a moça do rio, dizendo que o dinheiro não era importante e que o casal esperaria cinco anos até a fortuna ser liberada, ou que eles se casariam logo e viveriam felizes até o fim dos dias, mesmo sendo pobres, Victoria, ao contrário do marajá, teria revelado imediatamente que ainda tinha as quarenta mil libras e que os dois poderiam viver de champanhe e sorvete pelos próximos cinquenta anos, sem jamais ter um momento de dificuldade financeira. A jovem só precisava saber que ele se importava um pouco com ela. Só *um pouco.*

Mas já era possível notar que o rapaz não se importava e que não iria dizer nenhuma daquelas coisas — *Vamos esperar para casar então* ou *Vamos casar logo e dane--se o dinheiro.* Não, Lorde Malfrey ficara extremamente pálido e com uma aparência que lembrava a dos tios de Victoria quando um socava o outro no estômago durante uma discussão.

— Vinte e um anos? — repetiu ele, arquejando. — Não pode se casar até 21 anos? Mas isso é só... é só daqui a cinco anos!

— Sim — confirmou ela, triste. Não por causa dos cinco anos, mas pela expressão do conde, que não era encorajadora. — Cinco anos *é* muito tempo. Mas quando o amor é verdadeiro... bem, o que são cinco anos, ou mesmo dez?

No entanto, aparentemente a visão do rapaz das coisas não era tão romântica assim. Hugo Rothschild levantou--se do piano tão abruptamente que o banco caiu atrás de si. Mas o conde nem mesmo notou. Em vez disso, ficou andando de um lado ao outro da sala, passando os dedos pelo cabelo louro-dourado e, verdade seja dita, com uma expressão bem atormentada.

— Como não ficou sabendo disso antes? — insistia ele. — Como seus tios esconderam isso de você? É... é um crime, isso sim!

Observando-o, Victoria apenas disse:

— É lamentável, certamente.

— Lamentável! É ridículo! — Então ele parou de andar e a fitou. — Seu pai era um sádico?

Decidindo que já tinha descoberto tudo de que precisava saber, a jovem pegou a bolsa.

— Não, não que eu saiba — retrucou ela. — Acho que só queria me proteger de homens que poderiam querer se casar comigo apenas pelo dinheiro.

Lorde Malfrey soltou uma risada amarga.

— Bem, é uma boa maneira de fazer isso! — comentou ele.

Victoria levantou-se e, ao parar para desabotoar a luva da mão esquerda, não pôde deixar de dizer:

— Sabe, Hugo, muitas pessoas que têm bem menos recursos para viver que você e eu se casam e são felizes, ao que tudo indica.

O conde a fitou sem acreditar.

— *Quem*? Ninguém que *eu* conheça.

— Não — respondeu ela. — Imagino que não mesmo. Ninguém que você conhece de fato trabalha para se sustentar, não é? — Ainda que já soubesse que era um caso perdido, Victoria não conseguiu deixar de acrescentar: — Meu tio Walter poderia ter ajudado, sabia? Poderia ter achado um cargo para você na empresa de comércio marítimo.

O rapaz estava incrédulo.

— *Trabalhar*? Victoria, quem você pensa que eu sou? Por acaso pareço alguém que trabalha para se sustentar? E em *comércio marítimo* ainda por cima? — Ele teve um calafrio. — As únicas carreiras adequadas a um homem de minha posição social são a igreja e as leis, e ambas requerem uma quantidade simplesmente terrível de estudo. Você sabe que não sou um estudioso.

— Não — disse Victoria. — Não mesmo, não é? — Ela puxou a luva e retirou o anel de esmeralda que ele lhe dera. A jovem perguntou-se, com alguma curiosidade, como ele pagaria pela joia, pois tinha quase certeza agora de que a história que o conde contara sobre os retratos de família não era verdadeira, e que ele comprara o anel no crédito, pensando que iria pagá-lo com o dinheiro dela quando se casassem. — Bem, adeus então, Hugo. Ou melhor, Lorde Malfrey.

Desanimado, ele olhou para o anel que Victoria colocava sobre a pequena mesa próxima à cadeira. O rapaz não negou que aquele era o fim do relacionamento. Nem mesmo se incomodou em dizer que sentia muito. Ela não pôde deixar de se perguntar se ele fora mais educado com Margaret Carstairs. A jovem estava meio surpresa por Jacob não ter ido atrás de Lorde Malfrey com um atiçador de fogo. Mas o conde provavelmente deixara a cidade antes de o capitão ter a chance de fazê-lo.

— E não há como contornar? — perguntou ele, num tom melancólico. — Algum jeito de... não sei. Conversar com eles?

— Você quer dizer com os procuradores de meu pai? — Victoria olhou para ele de forma inexpressiva enquanto colocava a luva novamente. — Conversar com eles sobre o quê?

— O testamento! O testamento de seu pai! Deve haver um jeito de ignorar essa cláusula, não?

153

Naquele instante, a porta se abriu e a viúva Lady Malfrey entrou, vestindo uma touca de renda branca e um esplêndido robe com marabu, que estava uns dois números abaixo do tamanho ideal para o corpo redondo.

— Que cláusula? — perguntou ela, segurando um copo do que aparentava ser água gelada contra a têmpora. — Bom dia, Lady Victoria, e me perdoe por despertar tão tarde. Estou com uma enxaqueca terrível. Como odeio essa chuvarada! Que cláusula, meu amor?

Enquanto a senhora sentava no assento que Victoria acabara de vagar, o filho dela explodiu:

— Mamãe, Victoria descobriu algo péssimo. Existe uma cláusula no testamento do pai dela dizendo que ela perde a herança caso se case antes dos 21 anos!

A viúva Lady Malfrey levou os olhos azuis — que agora Victoria via que não eram amáveis, e sim cheios de malícia e veneno — até a ex-noiva do filho.

— O quê? — demandou ela num tom de voz que ficou agudo e fervoroso com aquelas palavras. — Não pode se casar até ter 21 anos? Mas isso é só daqui a cinco anos!

Victoria absteve-se de comentar que, para pessoas que se diziam pouco estudiosas, as habilidades matemáticas tanto da mãe quanto do filho eram exemplares.

— Isso mesmo — confirmou a jovem.

— E você esperou até *agora* para nos contar isso?! — exclamou a viúva. — Quando os convites já estão sendo produzidos?

— Não se preocupe quanto a isso — declarou Victoria tranquilamente. — Mandei um recado aos gravadores esta manhã.

— Bem, isso é um alívio — disse a senhora, então aquele olhar venenoso pareceu desconfiado e ela encarou Victoria fixamente. — Espere um instante. Mandou um recado aos gravadores esta manhã? Quando exatamente ficou sabendo sobre essa cláusula, milady? Acaba de passar de nove e meia! Que escritório de advocacia abre em uma hora tão incivilizada?

A jovem sorriu docemente para a viúva.

— Que perceptiva, senhora — comentou ela. Então, virando-se para Lorde Malfrey, prosseguiu: — Meu querido Hugo, não posso continuar com essa farsa. Não existe cláusula alguma. Acabei de mentir para você. Minha fortuna continua sendo minha, como sempre foi.

O conde a fitou por um instante. Em seguida uma expressão de muita felicidade se espalhou pelo belo rosto.

— Uma piada! — Ele parecia prestes a estourar de alívio e alegria. — Era só uma piada! Ai, Vicky! Que ótimo!

Mas os olhos da viúva Lady Malfrey encaravam o anel de esmeralda no centro da pequena mesa em frente a ela.

— Piada? — repetiu a senhora, erguendo a vista e lançando um olhar penetrante para a jovem. — Não foi só uma piada, não é mesmo, Lady Victoria?

— Não, milady, não foi. — Victoria não sabia como estava de pé e de cabeça erguida ali diante deles. Os joelhos tremiam, e a garganta doía com a decepção.

Contudo, a vergonha de si mesma era ainda mais forte que a decepção. Ela não podia acreditar no quão facilmente — e completamente — fora enganada. Um lado da jovem tinha acreditado com genuinidade que

Jacob Carstairs estava errado e que Hugo Rothschild a amava — que a amara desde o primeiro momento que a vira, como ele havia afirmado na noite de luar no deque do *Harmonia*, quando a pedira em casamento. Um lado seu verdadeiramente acreditara que o conde teria feito qualquer coisa — até mesmo arranjar um emprego — por ela. Certamente descobrir que Hugo Rothschild não dava a mínima para ela fora o golpe mais duro que recebera na vida; ainda pior que perder os pais, pois a lembrança destes era apenas muito vaga.

No entanto, era melhor — bem melhor, disse Victoria a si mesma — descobrir naquele momento, antes do casamento, que depois. Ela estava envergonhada, era verdade. Mas saía mais ou menos ilesa. Se tivesse descoberto as reais intenções de Lorde Malfrey depois do matrimônio, por outro lado... Bem, teria ficado presa em um casamento sem amor.

Pelo menos daquele jeito estava livre. Livre para sair pela porta e se casar com quem ela quisesse.

Mas... com quem? Afinal, o único outro homem que fizera seu coração disparar, como o conde, era um sujeito que ela desprezava com todas as forças...

... além de ser o homem a quem ela deveria agradecer pelo atual estado de total desgraça.

— Eu tinha esperanças, Lorde Malfrey — começou Victoria, com lágrimas de dignidade ferida nos olhos que lhe deixavam a voz trêmula, embora ela ficasse grata por elas ainda não terem caído —, de que você não estivesse interessado somente em minha fortuna e que me amasse pelo menos um pouco. Mas vejo agora que estava errada em esperar isso. Por favor, considere nosso noivado terminado e não tente entrar em contato comigo novamente. Espero que compreenda se eu sair sem esperar por seu criado. Tenha um bom dia.

A jovem se virou para ir embora, mas não foi rápida o bastante para escapar do apelo apaixonado do conde para que ela lhe desse outra chance — pois é claro que a amava, só ficara tão chocado com a notícia que não se expressara como gostaria. Tampouco conseguiu sair antes do desmaio da viúva Lady Malfrey.

E Victoria sendo Victoria, era totalmente incapaz de simplesmente ir embora quando uma criatura precisava de ajuda. Então, em vez de sair friamente como pretendia, a jovem tocou a campainha para a criada e esperou ao lado da infeliz senhora, pressionando-lhe os pulsos e lhe dando amoníaco para cheirar, até que uma moça de aparência desleixada chegasse para ajudar. Infelizmente, por conta disso, também foi forçada a ouvir os apelos de Lorde Malfrey durante mais um tempo.

Em termos de pedidos de desculpa, suas frases pareciam eloquentes e emotivas. Mas não a dissuadiram de repetir as despedidas e de ir embora às pressas assim que a mãe do rapaz recobrou a consciência.

Somente quando estava, enfim, sentada na carruagem dos Gardiner e a caminho de casa novamente, Victoria se permitiu chorar...

Mas é claro que, quando por fim queria se permitir chorar, ela não conseguiu. Embora sua garganta doesse terrivelmente, os olhos estavam perfeitamente secos. Sem noivo e sentindo-se indesejada, a jovem seguiu para casa em estado de choque e fervilhando por dentro, porém ainda incapaz de produzir lágrimas. Para o azar do Capitão Carstairs, ele foi a primeira pessoa que ela encontrou ao colocar os pés na casa dos Gardiner.

— O quê? — indagou Victoria grosseiramente ao vê-lo no corredor, carregando nas costas Jeremiah e Judith, que seguravam penas de pavão nas mãos e fingiam que eram chicotes. — *Você* ainda está aqui?

— Achei que tivesse sido claro — respondeu ele, com um sorriso que outras garotas deviam achar charmoso, mas que ela apenas achava insuportável, o sorriso de um tratante. — Realmente *temos* de conversar, Srta. Abelhuda.

Aquilo foi a gota d'água. Victoria podia aguentar muitas coisas — o clima desagradável, seu cabelo recusando-se a fazer cachos, até a traição do homem para quem prometera seu coração. Contudo, não conseguia, simplesmente não conseguia suportar ser chamada de Srta. Abelhuda, justo naquele dia.

Então, soltando um grito longo e do fundo do coração, ela passou correndo pelo Capitão Carstairs e por dois primos assombrados e subiu às pressas as escadas em direção ao quarto, onde a jovem surpreendeu Rebecca ao mergulhar sob as cobertas da cama, recusando-se a sair dali pelo resto do dia, apesar das súplicas constantes da prima mais velha, da Sra. Gardiner, de Mariah e até mesmo de Clara, que levava a má notícia de que

Lorde Malfrey estava no andar inferior e gostaria de falar com ela.

Somente naquele instante, ainda de chapéu, Victoria levantou o rosto e informou a triste realidade: o casamento com o conde fora cancelado e ela agradeceria se todos a deixassem sozinha pelo restante do dia.

Os Gardiner, chocados, porém compreensivos, fizeram o que foi pedido. Deixaram-na em paz, com apenas Mariah por perto para saber se ela gostaria de alguma coisa, como sorvete ou edições antigas da revista feminina *Ladies' Journal*, que eram o tipo de coisa que ela iria querer caso o homem *dela* a deixasse, conforme a criada confidenciou à cozinheira.

Lorde Malfrey foi mandado embora com olhares de desconfiança e receio, pois os Gardiner não sabiam que fora a sobrinha, e não o conde, quem terminara o noivado.

Apenas o Capitão Carstairs parecera pouco surpreso ao ouvir a notícia de Clara, que estava bastante feliz e agitada (pois a menina amava contos de tristeza e decepção amorosa, principalmente aqueles que envolviam as mulheres da própria família). Declarando simplesmente que esperava que Lady Victoria se sentisse melhor no dia seguinte e que ele retornaria então para vê-la, o rapaz foi para casa assobiando — para a grande desaprovação de Clara —, apesar da chuva, da gravidade da situação e do fato de que cavalheiros simplesmente não assobiavam.

Na verdade, Clara comentou com Rebecca mais tarde que havia sido uma coisa muito boa sua irmã ter transferido a afeição do Capitão Carstairs para o Sr. Abbott, porque, segundo contou a menina, tio Jacob parecia meio *insensível*... Uma impressão com a qual Rebecca concordou, levando em conta o assobio.

Capítulo 12

Depois de um fim de relacionamento tão vergonhoso, Victoria teria o direito de passar o resto da semana de cama sem ser julgada por aquilo. Um término de noivado dava realmente muita pena, qualquer que fosse a razão para o fim — e independentemente de quem o terminara, a noiva ou o noivo —, portanto não haveria sequer uma senhora em Londres que não fosse entender caso a jovem decidisse se recolher silenciosamente da sociedade pelo restante da temporada.

Mas havia coisas demais a fazer para que Victoria ficasse mais que 24 horas imersa na própria dor. Afinal, precisava cancelar tudo que fora planejado para o casamento, além de ter de coordenar o romance de Rebecca e Charles Abbott. Fora isso, havia também os Gardiner mais novos, que talvez pudessem ser moldados para se tornarem cidadãos respeitáveis, considerando que ela os conhecera com pouca idade. Clara precisava aprender que fazer drama era ótimo desde que fosse em seu devido lugar, isto é, numa aula de teatro. E, de vez em quando, o pequeno Jeremiah ainda pegava do chão os animais de estimação da casa, além de frequentemente levantar o irmão caçula pela cabeça, hábitos que Victoria estava determinada a curar.

A Sra. Gardiner precisava da ajuda da sobrinha para manter a casa em ordem — embora talvez não estivesse ciente disso. Até mesmo o Sr. Gardiner tinha começado a falar outras coisas à mesa de jantar além de "Hmmm", devido ao treinamento cuidadoso de Victoria desde que chegara. A jovem estava confiante de que, em breve, ele pronunciaria uma frase inteira sobre alguma coisa além da comida. Em sua cabeça, desistir naquele momento seria tão catastrófico quanto as enchentes que às vezes inundavam as vilas próximas de onde ela crescera na Índia, matando centenas e deixando muitos sem teto.

Ela simplesmente não conseguia desistir desses projetos num momento tão crucial. Por isso, já estava de pé na manhã seguinte ao fim do noivado, os olhos ainda livres de vermelhidão — pois ela não conseguira derramar uma lágrima, mesmo na calada da noite, quando o pensamento de que voltara a ficar solteira e de que precisaria começar tudo novamente, caso quisesse se casar, atingiu-a em cheio, como uma facada.

Mas Victoria recusava-se a se preocupar com aquela aparente frieza, dizendo a si mesma que não havia conseguido chorar porque a perda de Lorde Malfrey fora muito dolorosa e a atingira profundamente. Estava claro que, dentro do peito, seu coração chorava sangue...

No entanto, ela manteve aquela imagem pitoresca para si, com receio de que Clara ouvisse e tentasse reproduzi--la no próximo discurso apaixonado sobre ainda não ter encontrado o amor de sua vida.

Além dos Gardiner e do cancelamento dos planos de casamento, Victoria tinha outras coisas com as quais lidar. Havia um certo capitão de navios que insistia em incomodar a jovem, aparecendo à porta dos tios, exigindo vê-la. Na manhã seguinte à triste despedida com Lorde Malfrey, ela escrevera um bilhete rápido ao Capitão Carstairs após acordar, respondendo a mensagem que recebera no dia anterior. Em um recado quase tão sucinto quanto o dele, Victoria dizia:

Não há nada para conversar. Por favor, me deixe em paz.

Sinceramente, V. Arbuthnot

A jovem não conseguia entender de modo algum qual parte de *Por favor, me deixe em paz* Jacob Carstairs não compreendia, mas as seis palavras eram aparentemente tão estrangeiras para ele quanto hindustani, porque, logo depois de receber aquela mensagem, o rapaz apareceu na casa dos Gardiner e explicou para a aflita Sra. Gardiner que ele não iria embora até que visse sua sobrinha.

— Sei que não quer companhia, Vicky — comentou tia Beatrice, enquanto a jovem se sentava à escrivaninha para enviar apressadamente cartas ao banco, pois, por mais que se sentisse usada por Lorde Malfrey, ela *fora* idiota o suficiente e havia concordado com aquele casamento, portanto achava justo que pagasse por gastos como o piquenique (afinal a viúva não tinha culpa do filho ser um cafajeste).

Victoria também orientou seus agentes a mandarem cheques pagando por qualquer despesa que Rothschild pudesse ter adquirido em seu nome. A única coisa pela qual jurara que não iria pagar era o anel. A jovem achava que aquilo tinha sido uma tolice pela qual Hugo teria de pagar sozinho... assim como ela iria pagar, daquele instante até o fim dos dias, pela ideia idiota de quase se casar com ele.

— Mas — prosseguiu a Sra. Gardiner — o Capitão Carstairs é... bem, como se fosse da família. E o semblante dele parece mesmo...

Naquele momento, a boa senhora lançou um olhar cuidadoso em direção à filha mais velha, mas, ao ver Rebecca com a pena na boca — pensativa enquanto respondia uma carta do Sr. Abbott e tentava achar uma palavra além de *deplorável* que rimasse com *adorável* —, ela decidiu que podia continuar.

— Bem, ele parece *ansioso* para ver você — explicou a tia. — Não acha que pode só colocar a cabeça para fora e dizer que está bem? Pois ele garantiu que não vai embora até falar com você, e ontem ele ficou aqui por sete horas, sabe...

Victoria largou a pena e levantou-se, suspirando.

— Muito bem, tia — disse ela num tom muito irritadiço. A jovem não fazia ideia de qual era a jogada do capitão, mas achava que tinha algo a ver com aquele beijo (o terrível, detestável e maravilhoso beijo) que ela tentava tirar da cabeça, embora sem muito sucesso. Se Lorde Malfrey a tivesse beijado daquele jeito em algum momento, Victoria provavelmente não daria a mínima para o fato de o conde se casar com ela por dinheiro, desde que continuasse beijando-a da mesma maneira todos os dias.

Mas como fora o detestável Jacob Carstairs quem a beijara com tanta paixão e entrega, e não Hugo, ela se sentia apenas agitada com aquela situação.

Victoria saiu do cômodo que ocupava e foi até a sala de estar, onde o capitão se acomodara enquanto esperava. Ao entrar, ela o encontrou balançando os braços, como um gorila, na frente dos Gardiner mais novos e soltando sons que ele devia achar que eram os barulhos feitos por um macaco, supôs a jovem. A audiência estava encantada, quieta e de olhos arregalados, até que uma das crianças notou que Victoria estava à porta e disse:

— Olhe, prima Vicky! Tio Jacob é um macaco!

— Ele é mesmo — respondeu ela, enquanto o rapaz se endireitava sem nenhum acanhamento e mandava embora a audiência, que estava amargurada e decepcionada porque o espetáculo havia acabado.

Quando finalmente estavam sozinhos, sem se incomodar com delicadezas sociais, como cumprimentos ou "Lady Victoria, você está encantadora", Jacob Carstairs puxou o colete — não que tenha ajudado muito: o colarinho continuou exatamente no mesmo lugar, ainda pelo menos 5 centímetros abaixo do usado por qualquer homem na Inglaterra — e disse:

— Então. É verdade? Você o largou?

Victoria levou o olhar ao teto. Realmente não sabia por que precisava ficar constantemente presa a pretendentes tão incompetentes, que ou estavam apenas interessados em seu dinheiro, ou simplesmente não pareciam ter ideia de como um ser humano racional deveria se comportar. Cansada, a jovem respondeu:

— Caso queira saber com essa pergunta extremamente grosseira se meu noivado com Lorde Malfrey está terminado, a resposta é sim, está.

Então, vendo com terror que um sorriso de satisfação extrema invadia o rosto do capitão, Victoria rapidamente acrescentou:

— E, por favor, não pense que nada do que você disse, ou fez, na outra noite teve qualquer coisa a ver com minha decisão de terminar a relação. Apenas tive a chance de observar que ele não era tão... honesto quanto eu esperava.

— A chance de observar. — Infelizmente Jacob Carstairs ainda sorria. — E como exatamente essa *chance* surgiu?

— Não importa — informou Victoria, séria, com o coração começando a acelerar de uma forma muito insatisfatória.

O rapaz era a última pessoa no mundo que ela queria que soubesse sobre o modo como enganara o ex-noivo a fim de que ele revelasse seu caráter. Por que será que, dentre todos os homens, ela nunca conseguia manter a elegância de uma dama quando estava perto daquele em particular?

— Basta dizer — continuou a jovem — que surgiu uma chance. E agora que Lorde Malfrey saiu de minha vida, você não precisa se preocupar comigo. Espero que vá... bem, que vá se ocupar da próxima pobre herdeira com quem o conde noivar. — Virando-se, ela foi até a porta e a abriu, indicando o caminho a ele. — Tenha um bom dia, capitão.

Mas Jacob Carstairs permaneceu imóvel próximo à janela da sala de estar — pela qual a luz do sol entrava timidamente, gerando uma visão um pouco estranha após tanta chuva e realçando as mechas castanhas no cabelo escuro do capitão. Então, em vez de ir embora, ele simplesmente sorriu para Victoria.

— Não tenho razão para me preocupar com você, não é? — comentou ele, com uma sobrancelha erguida. — *Realmente* acha isso, Srta. Abelhuda?

Furiosa — pois uma faxineira que dava polimento no pilar da escada para o segundo andar entreouviu o rapaz chamando-a de Srta. Abelhuda e pareceu extremamente surpresa com tal impertinência —, a jovem bateu a porta novamente, deixando a empregada de fora, e se virou para Jacob, com os olhos em chamas e as bochechas ainda mais quentes.

— Veja bem — começou ela, sibilando. — Fiz o que você disse! Eu me livrei dele, do homem que eu amava! Porque você me contou que ele era um patife e, por acaso, estava certo. Mas isso não significa, nem em sonho, que vou sair acolhendo qualquer atenção romântica vinda de alguém como *você*.

O capitão não parecia nada impressionado com aquele discurso. Na verdade, pelo visto, nem tinha ouvido a última parte, pois apenas disse de forma absolutamente confiante:

— Você não o amava.

— Claro que amava! — gritou ela, batendo os pés do mesmo modo que Jeremiah fazia quando queria mais sobremesa e Victoria não o deixava repetir.

— Não, não amava — declarou Jacob Carstairs, balançando a cabeça. — Se sentia atraída por ele porque ele precisava de você, e você não consegue resistir a alguém em necessidade. Mas isso não é amor.

Piscando como se tivesse levado um tapa na cara, Victoria se lembrou de como ficara acordada durante a noite, incapaz de chorar pela perda do conde. Será que o Capitão Carstairs estava certo? Será que realmente jamais tinha amado Lorde Malfrey e por isso não derramara uma lágrima por ele?

Antes que pudesse refletir sobre aquilo, o capitão atravessou a sala e ficou apenas alguns centímetros distante dela. Então, olhando para baixo, para o rosto de Victoria, ele disse:

— O que precisa fazer agora é encontrar alguém que não precise de você e se casar com ele.

Embora estivesse mais ciente do que gostaria em relação à boca de Jacob Carstairs a somente alguns centímetros da dela, Victoria afastou o olhar e tentou não pensar em nada além da indignação que sentia pela impertinência do rapaz.

— E me diga — indagou ela, observando o retrato logo atrás da cabeça do capitão —, qual seria o sentido disso?

— Todos a seu redor — respondeu ele — precisam de uma coisa ou outra de você. Sua tia precisa de ajuda para controlar a cozinheira incompetente e a prole indisciplinada; sua prima Rebecca precisa de ajuda para navegar pelas águas conturbadas da vida romântica; seu tio precisa de ajuda para que não vire um autômato que apenas repete uma palavra; os moleques de Londres precisam de ajuda para evitar a forca. Após um longo dia voando por aí e ajudando as pessoas, não seria relaxante, Srta. Abelhuda, se pudesse chegar em casa e encontrar alguém que não precisasse de absolutamente nada de você?

Victoria lhe encarou, incapaz de entender exatamente o que ele tentava dizer. Quase parecia — mas certamente não podia ser — que ele estava...

Bem, pedindo-a em casamento.

Mas sem dúvida aquilo era impossível; em primeiro lugar, porque não havia luar; em segundo, porque ele nem mesmo encostara nela; em terceiro, porque ela ainda não ouvira nada semelhante a uma declaração romântica, como "Victoria, não posso viver sem você" ou "Se eu não ficar com você, vou enlouquecer"; e, por fim, porque era *Jacob Carstairs*. E Jacob Carstairs jamais pediria Victoria em casamento. Ora, ele sempre a provocava, chamando-a de Srta. Abelhuda e fazendo pouco caso das seríssimas tentativas da jovem de melhorar os outros!

Sem falar que até recentemente ela era noiva do homem que havia partido o coração da irmã mais velha do capitão.

— Eu não... — Provavelmente era a primeira vez na vida que Victoria não conseguia pensar em uma resposta para o pedido nada ortodoxo do rapaz... se é que aquilo era um pedido! Ela ainda não tinha certeza absoluta.

Sentindo-se confusa, disse apenas:

— Não posso dizer que concordo com você, capitão. Não... não acho que seria nada relaxante. — E, ao se lembrar da casa bem equipada de Jacob Carstairs, da mãe inteligente e competente e de seus empregados superiores, pois duvidava de que alguma vez tivessem servido terrina de carne à mesa de jantar dos Carstairs, ela acrescentou com eloquência: — Na realidade, acho que seria tedioso. Realmente muito tedioso!

— Tedioso?

E então ele *começou* a encostar nela! Estendeu uma mão e ergueu a mão dela na dele, e nem Victoria nem ele vestiam luvas! A jovem podia sentir os calos nos dedos do rapaz — como era um homem que trabalhava para viver, mesmo que estivesse atualmente lidando mais com a parte administrativa da empresa em vez de elevar o cordame e amarrar a vela, era de esperar que Jacob realmente *tivesse* calos. Lorde Malfrey não os tinha, é claro, pois sempre usara luvas ao cavalgar ou ao fazer qualquer outra atividade atlética, como esgrima.

Ao sentir os calos, o coração de Victoria começou a bater com mais força que nunca dentro do peito.

— Não acho que seria nada tedioso — continuou o capitão, num tom que ela jamais tinha escutado antes.

Ao lhe notar os dedos se entrelaçando aos dela, Victoria percebeu que era uma voz totalmente desprovida de provocações, ou de qualquer coisa que pudesse ser interpretada como irritante ou sarcástica. *Ora*, pensou ela, surpresa, *ele está falando sério!*

— Na verdade — continuou ele, ainda usando aquele tom grave e sério —, acho que seria bem emocionante se casar com alguém que não precisa de você, mas que apenas... deseja estar com você.

Ao dizer a palavra *deseja*, Jacob puxou com leveza sua mão e Victoria se viu, contra qualquer lógica, nos braços do capitão. Ela não podia entender como era possível que aquilo tivesse acontecido *de novo*, quando firmemente se instruíra para que não o deixasse acontecer.

Mas lá estava ela e lá estava ele, prestes a colocar os lábios sobre os dela, e não havia nada, absolutamente nada que a jovem pudesse fazer, fora chutá-lo na canela e sair correndo. Mas Victoria simplesmente não tinha capacidade de fazer aquilo uma vez que a boca de Jacob encostou na dela, porque a sensação dos lábios do capitão era tão *boa* — na verdade, não era exatamente boa. Não era nem um pouco boa. Era o *oposto* de boa...

Nossa, por que aquilo acontecia com ela? Victoria acabara de escapar de um envolvimento amoroso. Não podia se jogar em outro tão rapidamente...

E, no entanto, os lábios do capitão pareciam tão perfeitos sobre os dela! Os braços a envolviam e faziam com que ela se sentisse tão segura e protegida, tão aquecida e — sim, não havia como negar — desejada. Ela não sentia que era necessária, e sim que era desejada, o que era uma sensação tão estranha para Victoria quanto, bem, a pobreza. Jacob Carstairs a desejava! Ele não precisava dela — o que um homem como ele poderia possivelmente buscar em uma moça como ela, mesmo sendo uma moça com opiniões muito particulares sobre a altura na qual se deveria usar o colarinho?

Não, ele a desejava, o que era ainda melhor que ser necessária. Victoria começava a se convencer disso. Exceto...

Exceto pelo fato de que ele não a tinha de fato pedido em casamento. Não perguntara: "Victoria, luz de meu coração, quer ser minha noiva?" Não, tudo que dissera fora algo sobre "alguém", mas o capitão não havia especificado se esse "alguém" era ele. Além disso, como ousava beijá-la assim na sala de estar dos tios dela sem nem ao menos um pedido de casamento apropriado antes?!

Apesar de precisar usar todo seu autocontrole — pois ser beijada por Jacob Carstairs era a coisa mais emocionante que lhe acontecera desde... bem, desde a última vez que fora beijada por Jacob Carstairs —, Victoria colocou ambas as mãos sobre o peito do rapaz e o empurrou com toda a força.

Ele cambaleou para trás e quase caiu sobre a coleção de pássaros empalhados da Sra. Gardiner, guardada sob redomas de vidro perto do piano. No entanto, recuperando o equilíbrio bem a tempo e com um olhar de choque tão pronunciado que chegava a ser cômico, Jacob indagou:

— O quê... Victoria, por que fez *isso*?

— Eu que pergunto — retrucou ela, tentando ignorar o coração que batia acelerado e os lábios que ainda ardiam devido à intensidade da boca sobre a dela. — Você vem aqui, me provoca e insulta...

— Insulto!? — exclamou Jacob, soando extremamente chocado. — Victoria, não seja idiota. Quero me casar com você!

— Ora, que ótima maneira de demonstrar isso — retorquiu ela. — Me chamando de idiota e de Srta. Abelhuda, ainda por cima na frente da empregada!

— É *mesmo* uma idiota — respondeu Jacob firmemente — se acha que estou insultando você quando a chamo de Srta. Abelhuda.

— Bem, certamente não é um elogio! — gritou Victoria.

Mas ele não gritou de volta. Num tom bastante equilibrado e racional, disse apenas:

— Victoria, estou avisando... É melhor parar de discutir e aceitar logo, porque não vou fazer outro pedido de casamento.

— Você nem realmente pediu! — declarou ela. — Tudo que disse foi que seria muito emocionante se eu me casasse com "alguém" que me desejasse e que não precisasse de mim. Gostaria de acrescentar que você nem especificou quem seria esse *alguém*!

— Ora, quem você pensa que é? — indagou ele. Como Victoria só cruzou os braços e olhou fixamente para um canto, sem responder, o capitão continuou: — Pelo amor de Deus, Victoria. Não vou começar a exaltar suas virtudes e ficar tagarelando sobre como não a mereço se é isso que está esperando. Você já teve um pedido de casamento assim e veja só no que resultou.

A jovem, já furiosa, virou-se para ele aos berros:

— Muito obrigada por me lembrar disso! Agora saia!

Um misto de irritação e de desgosto percorreu os belos traços de Jacob Carstairs. Quando o encarou novamente, o rapaz já estava próximo à entrada, pegando o chapéu e as luvas com Perkins, o mordomo, que fingia não notar que havia algo de errado entre Victoria e o visitante.

— Quer saber, Victoria? — disse o capitão logo antes de fechar a porta. — Acho que você iria gostar de saber que *tem* alguém precisando muito de sua orientação... Em minha opinião, é alguém cuja vida precisa muito mais de direcionamento que a de Rebecca ou a de seu querido conde.

Achando que Jacob se referia a algum órfão que conhecera nas docas, a jovem piscou e arregalou os olhos, esquecendo imediatamente a briga entre eles.

— Sério? — perguntou ela. — Quem?

— *Você mesma* — respondeu ele, batendo a porta em seguida.

Capítulo 13

Victoria se recusava a admitir que estava minimamente preocupada com o que acontecera entre ela e o Capitão Carstairs na sala de estar naquela manhã. Jacob não passava de um patife grosseiro, insolente e intrometido, que não tinha a menor ideia do que era bom para ele e não merecia de modo algum uma mãe tão paciente e competente. A jovem apenas podia suspirar por *aquela* pobre senhora, que estaria presa ao desagradável filho até o fim dos dias. Porque ela não acreditava que haveria uma moça em Londres disposta a se casar com o capitão. *Ela* certamente nunca estaria. E *ela* já era o caso mais azarado da temporada, por conta do término devastador com Lorde Malfrey.

No entanto, para sorte de Victoria, o consenso entre as senhoras da sociedade era que a filha do Duque de Harrow ainda teria alguns pretendentes entre os quais escolher, afinal ela era rica e poderia ser vista como uma moça atraente, apesar do questionável desfecho com o Conde de Malfrey e sua tendência a criticar os criados de quem a hospedava.

Ainda assim, mesmo com as inúmeras mães que empurravam ansiosas os filhos em sua direção, a jovem permanecia teimosamente sozinha, pelo menos nos primeiros dias após o término com Lorde Malfrey e logo depois da briga com Jacob Carstairs. Na realidade, começava a pensar em jamais se casar. Decidiu que criaria um hospital em vez disso — só para órfãos e indigentes —, onde poderia auxiliar diversas pessoas com problemas médicos e românticos. De manhã à noite, Victoria ficaria ocupada, ajudando pessoas! Não conseguia pensar em uma vida melhor.

Mas a realidade acabou invadindo os sonhos particulares da jovem, pois uma semana depois da desagradável conversa com Jacob Carstairs — que fora fiel a suas palavras e não a pedira em casamento novamente nem a tentara beijar outra vez (para sua maior decepção) —, ela recebeu um bilhete do terrível Lorde Malfrey. Ao contrário das inúmeras outras mensagens que ele mandara desde que haviam terminado o noivado, aquela não continha nenhum pedido desesperado por outra chance ou para que ela o aceitasse de volta.

O conde só perguntou se eles não poderiam fazer uma troca de cartas — ela devolveria as que ele escrevera, e ele faria o mesmo. Como era um costume em qualquer relação romântica falida, Victoria concordou, mas ficou irritada quando o rapaz insistiu para que o fizessem pessoalmente. Hugo argumentou, no entanto, que as coisas que tinha escrito no período de cortejo — as cartas e poemas que copiara de outros autores mais talentosos que ele, a jovem tinha quase certeza — eram tão pessoais que ele não as confiaria a um empregado, e muito menos aos serviços de mensageiros. Não. A troca precisava ser feita, e os envolvidos tinham de comparecer pessoalmente.

Victoria ficou muito aborrecida com aquilo, pois não tinha tempo para encontros clandestinos com ex-noivos a fim de trocar correspondências. Afinal, das cinzas daquele noivado falido, surgira um novo... o de Rebecca com o maravilhoso Sr. Abbott. A Sra. Gardiner estava incrivelmente feliz, nem mesmo tio Walter tinha murmurado sequer um "Hmmm"; em vez disso, comentara que era uma ótima notícia. A prima de Victoria era incapaz de conversar sobre qualquer outra coisa que não fosse vestidos de casamento e bebês, embora Clara não estivesse tão entusiasmada, lembrando frequentemente a irmã de não contar com o ovo antes da galinha — pois veja como o noivado da pobre prima Vicky terminara!

No meio de tudo isso, ter de se arrastar para um encontro com o ex-noivo a fim de trocar o que, na opinião de Victoria, não passava de uma pilha boba de cartas era realmente um teste de paciência. Mas a jovem achava que precisava fazer aquilo. Então, exatamente uma semana após o fim do noivado com o conde, ela o encontrou às cinco da tarde no Hyde Park — no exato local do lamentável piquenique. Escolher um lugar público para o encontro parecera sensato, porém Victoria queria que fosse um local onde os dois não chamariam atenção; porque ela sabia, mesmo vivendo ali havia apenas um mês, como os londrinos gostavam de fofocar.

Infelizmente a jovem não conseguira pegar a carruagem dos Gardiner emprestada, pois Rebecca a usara para ir com a mãe provar o enxoval de noiva na loja da Madame Dessange. Portanto, Victoria tivera de alugar uma. Somente após chegar ao local combinado e mandar o carro embora foi que ela começou a ter reservas com relação àquilo, porque o céu estava ficando ainda mais ameaçadoramente cinza que o normal. Era bem capaz de dar azar e ser pega por um temporal do lado de fora.

O lado positivo, no entanto, era que talvez a água lavasse a tinta das cartas que ela e Hugo carregavam, e então Victoria jamais teria de temer rever as coisas bobas que escrevera no *Times* ou em outra vergonhosa publicação.

Lorde Malfrey estava atrasado. Mas, na verdade, nunca havia sido pontual durante todo o tempo em que foram noivos, apenas oito dias atrás. A jovem ficou embaixo de uma castanheira, observando as gotas pesadas de chuva que começavam a cair e as pessoas que corriam, procurando um abrigo no parque, enquanto o céu retumbava sinistramente.

Ela estava prestes a desistir de vez e procurar uma carruagem que a levasse para casa — se é que ainda estavam disponíveis, o que era pouco provável devido ao clima — quando Lorde Malfrey finalmente apareceu em uma montaria malhada.

Contudo, àquela altura, a chuva já havia despencado e estava tão pesada que nem mesmo o guarda-chuva robusto de Victoria a aguentava. Deixando o cavalo encharcado sob o dilúvio e abrigando-se com a jovem, o conde gritou:

— Não devemos ficar embaixo da árvore. Há relâmpagos...

Enquanto falava, uma descarga enorme iluminou o céu e um trovão soou. Sabendo que o clima era uma coisa que ela (ainda) não podia controlar, Victoria saiu correndo com o rapaz e ficou no meio do temporal, com a bainha da saia já toda suja de terra e os cachos completamente desfeitos.

— Minhas cartas, por favor — gritou a jovem mesmo assim a Lorde Malfrey, que a fitou como se ela fosse louca.

— Preciso tirar você dessa tempestade — disse ele, olhando ao redor como se a arca de Noé fosse aparecer para salvá-los, para o desprezo de Victoria. — Onde está sua carruagem?

— Não consegui pegar a carruagem — explicou ela. A chuva caía de lado agora, e o guarda-chuva oferecia pouca proteção contra a investida inclinada. A saia de Victoria estava tão grudada em sua perna quanto a da jovem que estivera no piquenique da viúva... embora não fosse de propósito. A água estava fria, e o vento, forte. Ela começou a bater os dentes. — Aluguei uma. Devolva minhas cartas, por favor.

O olhar de Lorde Malfrey percorreu a via ao redor do parque — ou pelo menos o que conseguia ver através do dilúvio.

— Não há carros para alugar agora — comentou ele.

— E não posso deixá-la assim. Venha comigo. — Deixando o abrigo do guarda-chuva, ele subiu novamente na montaria. — Me dê sua mão, Lady Victoria, e pise na ponta de minha bota.

Aterrorizada pela ideia de se juntar ao conde na sela do cavalo — ou em qualquer lugar, na verdade —, a jovem retrucou:

— De jeito nenhum!

— Lady Victoria — disse Hugo, conforme a chuva grudava o cabelo louro no rosto. — Não vou deixá-la sozinha nesta tempestade. Estaremos em casa e secos em dois segundos se pelo menos dessa vez você for sensata.

Ela não o teria obedecido por nada se, naquele exato momento, uma rajada violenta de vento não tivesse tirado o guarda-chuva de sua mão. Sem ter o que fazer, a jovem observou conforme o temporal o atirava para longe de vista. Foi necessário apenas um ou dois segundos sem a pequena proteção para que ficasse ensopada.

— Meu Deus — disse ela num tom de voz derrotado, enquanto um relâmpago rasgava o céu. — Tudo bem.

Então, colocando o pé sobre a ponta da bota de Lorde Malfrey e lhe segurando a mão, Victoria deixou que o conde a puxasse para a frente dele, na sela.

A cavalgada do parque até um lugar seguro não tinha sido nada agradável, nem mesmo memorável, exceto pelo extremo desconforto — a forma como a chuva lhe atingia o rosto, o cheiro de cavalo molhado e o constrangimento atroz de estar envolvida pelos braços do ex-noivo para evitar que escorregasse do animal ensopado. Quando ele a pôs no chão, ela estava tão aliviada que não tinha se importado muito com o local onde estava, desde que fosse fora da chuva e longe do conde.

Mas infelizmente após subirem alguns degraus em direção a uma porta que foi aberta imediatamente por uma empregada para recebê-los, Victoria percebeu, arrependida, que Lorde Malfrey não a tinha levado para a casa dela, e sim para a dele.

— Aqui não é a casa dos Gardiner! — gritou ela, extremamente irritada, conforme pingava no corredor e a pequena empregada se esforçava para fechar a porta devido ao forte vento.

— Meus aposentos ficavam mais próximos — explicou o rapaz, torcendo o colete molhado.

Victoria não conhecia Londres bem o suficiente para saber se ele falava a verdade. Contudo, era preciso dizer que estava com muito frio e muito molhada para se importar com aquilo. Ainda assim, quando uma porta se abriu um segundo depois e a viúva Lady Malfrey apareceu, causando inveja por estar aquecida e seca, a jovem começou a desejar que tivesse prestado mais atenção.

— Queridos! — exclamou a senhora, vendo-os encharcados e pingando na entrada. — Coitadinhos! Vou pedir para Ellen esquentar a chaleira imediatamente. Lady Victoria, venha comigo; precisa colocar uma roupa seca antes que pegue uma gripe!

Sem conseguir pensar em uma situação pior ou mais constrangedora que ser forçada a buscar abrigo na casa do homem cujo pedido de casamento ela aceitara para um mês depois recusar com desprezo, a jovem seguiu a viúva humildemente, amaldiçoando o dia no qual concordara em ir àquele país abominável. Haveria *algum dia* sem chuva na Inglaterra? Será que *jamais* conseguiria apresentar aos outros a imagem de dama elegante como gostaria?

E por que, justamente naquele dia, tinha usado uma saia branca, que provavelmente ficaria destruída para sempre por conta de toda a terra no caminho?

Ela não foi conduzida para o quarto da mãe de Hugo, onde talvez tivesse uma lareira, e sim para um quarto extra, onde lhe deram cobertores e toalhas e mandaram que Victoria se despisse. A viúva explicou que as roupas da jovem seriam colocadas diante do fogo da cozinha até que secassem. Enquanto isso, ela poderia ficar no quarto, esperando que servissem chá quente e brandy.

Victoria não queria chá quente e brandy. Ela queria ir para casa!

Mas, como não queria ir para casa com roupas encharcadas — e, menos ainda, com as roupas secas da mãe do homem de quem fora noiva —, a jovem fez o que pediram. Despiu-se e ficou apenas de camisola e pantalonas, que também estavam molhadas, mas ela não se sentia à vontade para tirá-las; afinal aquela era mais ou menos a casa de estranhos.

Com as roupas íntimas úmidas, um cobertor sobre os ombros e com mechas molhadas de cabelo no rosto, Victoria sentou-se e olhou lastimosamente pela janela.

A chuva continuava caindo com força, e o céu ficara escuro como se a noite já houvesse caído, embora certamente fossem apenas umas seis da tarde. De vez em quando, relâmpagos cortavam o céu e trovões retumbavam tão alto que o peitoril da janela sacudia. A jovem se perguntou quanto tempo demoraria para que as roupas secassem o bastante e ela pudesse arriscar vesti-las novamente. Horas, provavelmente. Precisaria mandar notícias para a tia, explicando o que acontecera, assim a Sra. Gardiner não ficaria preocupada.

Então Victoria puxou o cordão da campainha e, quando a mesma empregada pequena e de rosto pontudo que os recebera na entrada apareceu à porta, disse:

— Poderia, por favor, pedir à senhora papel e uma pena para que eu possa mandar uma mensagem a minha tia, avisando que estou bem e que vou me atrasar?

A moça fez uma reverência e desapareceu, voltando apenas cinco minutos depois com os itens que Victoria havia pedido, além de um bule com chá fervendo, alguns bolos e brandy.

Segurando o cobertor sobre si, a jovem bebeu o chá com gratidão e começou a se sentir incrivelmente melhor. Ela escreveu o bilhete e chamou a empregada mais uma vez. Dando-lhe uma moeda de sua bolsa, pediu que a carta fosse entregue imediatamente aos Gardiner.

A criada disse que a entregaria, então Victoria deitou-se na cama, pois tinha feito tudo que podia naquele momento e não havia livros para ler no pequeno quarto vazio nem nada para fazer. Além do mais, o chá a aquecera e ela começara a se sentir agradavelmente sonolenta após aquela terrível experiência. Escutando o barulho da chuva e dos trovões, a jovem fechou os olhos, planejando cochilar apenas por um momento...

Mas, ao abri-los de novo, percebeu imediatamente que algo parecia errado. O quarto estava totalmente escuro, pois o pavio de luz que ela acendera tinha queimado e apagado enquanto ela dormia. Fora isso, a tempestade havia parado e o luar entrava luminoso pelas janelas dos aposentos. Uma olhada de relance no relógio dourado sobre a lareira indicou que ela dormira por praticamente quatro horas. Já eram quase dez horas da noite. Certamente àquela altura as roupas já estavam completamente secas. Por que a viúva a deixara dormir por tanto tempo?

Enrolando o cobertor como uma toga grega sobre as roupas íntimas já secas, Victoria puxou a corda da campainha. Ela acendeu o pavio novamente e olhou para fora do quarto, que ficava no segundo piso da casa. Abaixo podia ver que a rua silenciosa brilhava sob o luar por causa da água da chuva. Alguns galhos estavam jogados, pois tinham caído durante a tempestade, e Victoria se perguntou onde teria ido parar seu guarda-chuva.

Uma batida à porta a trouxe de volta ao quarto. Ela a abriu e, para sua surpresa, encontrou a viúva Lady Malfrey no corredor, e não a empregada.

— Ah, boa noite, senhora — disse Victoria, um pouco sem graça por ser vista pela mulher que teria sido sua sogra usando apenas um cobertor e roupas íntimas. —

Acho que acabei caindo no sono. Será que poderia pedir para trazerem minhas roupas? Pois tenho certeza de que já secaram e realmente não deveria abusar de sua hospitalidade mais um instante sequer. Ah, e se pudesse alugar uma carruagem, seria eternamente grata a vocês.

Em vez de responder: "Certamente, Lady Victoria, ficarei feliz em ajudar", a senhora balançou a cabeça, como se não acreditasse no que ouvia.

Então, para seu espanto, a jovem viu que a mulher estava rindo. Só que, até onde sabia, ela não dissera nada engraçado.

— Perdoe-me, Lady Malfrey — disse Victoria. — Perdi alguma piada? — Ela olhou pelo corredor. — Por acaso Lorde Malfrey arrumou pinos de boliche no corredor? — Pois certa vez a viúva tinha se gabado de que o filho fizera aquilo em um dia chuvoso.

— Não — respondeu a senhora, com uma risada.

— Bem... — Victoria franziu as sobrancelhas. — Então posso saber qual é a graça?

— *Você* — explicou a viúva, com uma lágrima enorme escorrendo das rugas no canto dos olhos. Ora, a mulher ria tanto naquele instante que chorava.

Surpresa, a jovem se perguntou se a viúva estivera bebendo brandy.

— Desculpe — comentou Victoria educadamente. — Mas não tenho certeza se a ouvi corretamente. Por acaso disse que... está rindo de *mim*?

— Isso mesmo — confirmou a senhora, já um pouco sem ar de tanto rir.

A jovem, que ainda não via nada especialmente engraçado naquela situação, retrucou um pouco bruscamente:

— Lady Malfrey, acho que a senhora não está muito bem. Gostaria de entrar e se sentar? Ou talvez eu possa lhe servir um copo d'água? Pois temo que não esteja sendo você mesma.

— Eu estou bem, sim — informou ela, endireitando-se e afastando dos olhos as lágrimas que surgiram após tanto gargalhar. — É *você* quem não vai se sentir muito bem quando perceber... quando perceber...

Então ela recomeçou a rir descontroladamente.

— Quando eu perceber o que, Lady Malfrey? — demandou Victoria de forma realmente mordaz, porque começava a ficar cansada das palhaçadas da mãe de Hugo.

— Que não vai a lugar algum! — exclamou a mulher, batendo no joelho.

A jovem fitou a viúva, que estava curvada enquanto gargalhava convulsivamente.

— Lady Malfrey — disse ela, com seriedade. — Eu certamente vou. Vou para casa assim que alguém trouxer minhas roupas.

— Mas é exatamente isso — explicou a mãe de Hugo. — É exatamente isso! Ninguém vai fazer isso!

Victoria a encarou.

— Como assim?

— Ninguém vai trazer suas roupas — respondeu a viúva Lady Malfrey, aparentemente conseguindo enfim se controlar um pouco. — Pelo menos não até o amanhecer.

Muito perplexa com tudo aquilo, a jovem perguntou:

— Não até o amanhecer? Por que não? Sem dúvida já secaram.

— Ah, claro — confirmou ela. — Secaram. Mas não as receberá até o amanhecer.

— Mas... — Victoria encarou a mulher mais velha de modo curioso. — Mas por que não?

— Porque — começou a viúva Lady Malfrey, tirando um lenço de renda da manga do vestido e usando-o no canto dos olhos, ainda molhados das risadas. — Você vai passar a noite aqui. Receberá as roupas de manhã, quando o estrago já tiver sido feito.

A jovem ainda não entendera.

— Estrago? Que estrago? Eu não posso passar a noite aqui, Lady Malfrey, embora o convite seja muito gentil.

— Ai, pelo amor de Deus! — gritou a viúva, já sem rir. — É idiota, menina? Não a estou convidando para passar a noite aqui! Estou a mantendo aqui durante a noite para que sua reputação seja arruinada, assim não terá outra escolha senão casar-se com meu filho!

Victoria piscou.

— Mas... não estou entendendo. Por que eu *teria* de me casar com seu filho?

— Depois de desaparecer a noite toda com ele e ser encontrada no dia seguinte nua no quarto dele? — A viúva soltou uma gargalhada desagradável. — Terá de se casar com ele, *sim*.

Capítulo 14

Victoria achou que talvez a mãe de Hugo tivesse caído e batido a cabeça. Realmente não havia outra explicação para as coisas estranhas que ela dizia.

— Lady Malfrey — disse a jovem, com o máximo de calma e paciência. — Tem certeza de que não caiu e bateu a cabeça em algum móvel? Ou na escada, quem sabe? Acho melhor eu chamar um médico...

— Meu Deus. — A viúva a fitou irritada. — É mesmo tão idiota assim? Não percebe o que está acontecendo, menina? Está sozinha e seminua na casa de um homem. E ninguém sabe aonde você foi.

Victoria balançou a cabeça.

— Isso não é verdade, Lady Malfrey. Meus tios sabem exatamente onde estou. Eles sabem que Hugo e eu fomos pegos pela chuva e que vim para cá para me secar.

— Não, não sabem — respondeu a senhora.

— Sabem, sim, Lady Malfrey. Porque eu mandei um...

A voz de Victoria morreu ao notar o pedaço dobrado de pergaminho que a mãe de Hugo tirou da manga. Era o bilhete que ela escrevera horas atrás para a tia.

— Você... — O corpo da jovem tremeu sem acreditar no que os olhos lhe diziam. — Você não enviou meu bilhete?

— Não — retrucou a viúva, com um sorriso que revelava todos os dentes... que eram uniformes, porém acinzentados. — Não, eu não enviei o bilhete a sua tia.

Victoria olhou o relógio sobre a lareira. Os ponteiros marcavam dez minutos depois das dez da noite.

— Mas... — disse ela, confusa. — Ela deve estar terrivelmente preocupada a essa altura, se perguntando onde eu estou. Pode estar achando que... que sofri um acidente ou algo assim.

— Pode mesmo — respondeu a senhora. — E, quando amanhecer, ela provavelmente vai enviar alguém, talvez seu tio, para procurá-la.

Muito devagar, Victoria começou a perceber o que estava acontecendo.

— E meu tio vai me encontrar — disse ela, conforme perdia a sensação nos lábios... e infelizmente não era porque Jacob Carstairs os tinha beijado. — Ele vai me encontrar aqui, seminua...

— Com meu filho — comentou a viúva, com outro enorme sorriso. — O que acha que ele vai dizer sobre isso, milady? Não posso imaginar que vai ser uma coisa boa. Realmente não pode ser nada bom. Sinceramente, aposto que seu tio vai exigir que vocês dois se casem na hora. Não acha?

Victoria sentia como se algo apertasse sua garganta — mais ou menos o que sentia quando um dos Gardiner mais novos pedia para descer as escadas de cavalinho e a segurava, quase a estrangulando por todo o percurso.

— Mas certamente... — A jovem balançou a cabeça, como se tentasse limpá-la. — Certamente quando eu contar a verdade a meu tio...

— Ele pode até acreditar em você — retrucou a viúva Lady Malfrey, sacudindo os ombros roliços. — Vai saber. Mas, mesmo assim, não terá importância. Ninguém mais vai acreditar, entende? Vão fofocar. Você não será mais bem-vinda no Almack... ou em qualquer outro lugar onde a elite se encontrar... Foi realmente ótimo de sua parte concordar em ver meu filho, e ainda melhor que choveu. Não que fosse fazer diferença se tivesse permanecido seco. Ele teria encontrado outro jeito qualquer de trazê-la para cá.

Victoria encarou a mãe de Hugo com horror. Não podia acreditar no que estava acontecendo. Parecia uma daquelas histórias que Rebecca vivia lendo nos livros que guardava embaixo da cama para que a Sra. Gardiner não descobrisse, em que damas inocentes eram violadas por cavalheiros estrangeiros ou mantidas presas em cavernas de piratas.

Só que não era um livro! Isso estava mesmo acontecendo, e não com uma dama inocente, mas com Victoria! Lady Victoria Arbuthnot!

Tudo bem que não havia nenhum cavalheiro estrangeiro envolvido, e certamente nenhum pirata. Mas, ainda assim, o plano da mãe de Hugo era diabólico! Ora, a mulher pretendia mantê-la presa durante a noite para dar a entender, pela manhã, que Victoria ficara ali por vontade própria em algum tipo de encontro romântico com Lorde Malfrey.

Quando a notícia que ela e o conde tinham passado a noite sozinhos se espalhasse (e com certeza iria; a viúva se certificaria disso) — pois a senhora sem dúvida revelaria para o Sr. Gardiner que a sobrinha não tinha ido para casa —, ela não teria escolha a não ser se casar com Hugo... Teria de se casar ou ficaria conhecida como uma mulher fácil, como uma...

Em vez de desmaiar como as heroínas dos romances favoritos de Rebecca, Victoria demandou com firmeza:

— Onde está Hugo?

A viúva Lady Malfrey não pareceu nem um pouco ofendida pelo tom e retrucou, bastante afável:

— Está no cômodo ao lado. E se pretende apelar para sua natureza cavalheiresca, nem se incomode. Isso tudo foi ideia de meu filho.

Simplesmente incrédula ao ouvir aquilo, a jovem disse:

— Quero vê-lo. Traga-o até mim agora.

A mulher riu.

— Você, minha querida, não está em condições de fazer exigências. E veja bem como fala comigo. Serei sua sogra. É melhor começar a me tratar com o respeito que mereço. Afinal de contas, quando se casar com meu filho, sua fortuna pertencerá a ele.

Com o coração apertado, Victoria percebeu que aquilo era verdade. Infelizmente a lei dizia que qualquer fortuna ou propriedade que uma mulher possuísse iria para o marido após o casamento.

Por essa razão, a jovem gritou de repente:

— Prefiro morrer a me casar com aquele metido idiota! — Em seguida deu uma cotovelada pouco elegante na clavícula da senhora.

Então, conforme a mãe de Hugo lutava para recuperar o fôlego, ela saiu descalça pelo corredor — pois também havia dado os sapatos à criada para que limpasse a lama —, decidida a encontrar as próprias roupas, vesti-las e deixar aquela casa horrível para sempre.

Mas infelizmente não conseguiu ir muito longe. Uma porta se abriu e ninguém menos que o nono Conde de Malfrey surgiu, sem demonstrar nenhuma surpresa ao ver Victoria indo para cima dele, vestindo apenas roupas de baixo e um cobertor.

— Ei, ei — disse Hugo, segurando-a pelo braço conforme a jovem tentava passar por ele. — Aonde pensa que vai?

— Vou para casa — retrucou ela, contorcendo-se para se livrar dele. — E se ousar me impedir, vou... vou chamar os oficiais!

— Tenho certeza de que chamaria se pudesse — comentou o rapaz, rindo. — Mas não acho que poderão ouvi-la daqui.

Sentindo-se atingida em seu âmago por aquela traição, Victoria estreitou os olhos para ele e declarou:

— É verdade então. Você *está* do lado dela.

Lorde Malfrey olhou para a própria mãe, que ainda respirava com dificuldade enquanto segurava a garganta, tentando se recuperar do golpe que recebera.

— Sim — confirmou Hugo. — É claro. Mamãe e eu somos uma equipe... Ai! — O conde puxou a mão da boca da jovem, que o mordera com toda força, mas sem soltá-la como Victoria esperava. Em vez disso, ele a segurou pela cintura, erguendo-a enquanto ela chutava e arranhava para ficar livre.

— Ora, Vicky — disse o rapaz, com uma risada. — Não leve as coisas assim. Sei que é uma péssima maneira de fazer isso, mas estamos destinados um ao outro. Você sabe disso. Houve um tempo em que a ideia de nos casarmos não era nada repugnante a você. Tente se lembrar... ai, agora *machucou*!... de como costumava se sentir em relação a mim, e então vamos nos dar bem.

Conforme falava, o conde meio que arrastava e carregava Victoria de volta ao quarto de hóspedes. Ela lutou corajosamente, mas Hugo — que aparentemente era imune a beliscões, chutes, arranhões e puxões de cabelo — era simplesmente mais forte e maior que ela. Sem cerimônias, ele a colocou sobre a cama, então correu para fora antes que ela conseguisse alcançá-lo, batendo a porta com força atrás de si. Para piorar, ainda teve a ideia de agarrar a bolsa da jovem ao sair, tirando assim qualquer esperança que Victoria poderia ter de subornar um empregado para libertá-la! Que homem desgraçado.

— Vicky — chamou o conde do outro lado da porta, conforme a jovem caiu sobre ela, esmurrando-a. — Seja sensata. Se casar comigo, vai mesmo ser esse sofrimento todo? Vamos nos divertir, prometo. E não é como se tivesse algum outro sujeito de quem você goste mais.

Ao ouvir aquela última parte, Victoria chutou a porta com o pé descalço, o que apenas a levou a sentir rajadas de dor na perna. E a porta não se mexeu.

— Vicky — repreendeu Lorde Malfrey. — Sinceramente. Isto é maneira de a filha de um duque se comportar? Realmente espero que tenha se acalmado até o café da manhã. Eu mesmo o trarei para você se quiser. Um ovo ou dois?

— *Não* — a jovem foi até a lareira e pegou o relógio dourado — me chame — e o jogou com toda força contra a porta — de Vicky!

O relógio nem sequer quebrou. A parte de vidro da frente se partiu, mas aquilo foi tudo. E Hugo apenas gargalhou ainda mais do outro lado da porta.

— Ai, Vicky — disse ele. — Pelo menos a vida com você nunca será tediosa.

Então Victoria ouviu um som que fez o sangue dela gelar — uma chave raspando na fechadura.

E era isso. Ela estava trancada. Sabia que só iriam soltá--la de manhã. De manhã, quando o nome Lady Victoria Arbuthnot seria sinônimo de...

Bem, imundice.

Perfeito. Que perfeito. A jovem se sentou na cama e percebeu que tremia. De raiva, disse a si mesma. Muita, muita raiva, não era pavor. Victoria não estava com medo. *Não* estava. Ela...

Estava. Quem não estaria? Estava presa no quarto de um estranho, vestindo apenas roupas íntimas, e estaria com a reputação arruinada quando amanhecesse; seu nome não valeria nada.

Bem, Victoria tinha certeza de uma coisa: nunca se casaria com Hugo Rothschild, independentemente do que o tio ou qualquer um dissesse. Preferia voltar à Índia a se casar com aquele canalha, aquele charlatão, aquele...

...patife.

Mas, embora dissesse a si mesma que nem tudo estava perdido — afinal, poderia simplesmente dizer não quando o pastor perguntasse se ela aceitava aquele homem como marido —, Victoria se dava conta de que, caso recusasse a união com Hugo, não seria apenas sua reputação que sofreria. Não, os Gardiner também se machucariam de forma irreversível. Será que Charles Abbott iria se casar com a prima de primeiro grau de uma menina sem-vergonha como Lady Victoria Arbuthnot? E quanto a Clara? Quais seriam as chances da garota encontrar o verdadeiro amor da vida dela se a família perdesse a oportunidade de frequentar o Almack devido à recusa de Victoria em se unir ao homem com quem passara uma noite desacompanhada?

Uma coisa era destruir permanentemente a própria vida. Outra bem diferente era destruir a vida de pessoas que ela passara a amar. Sim, amar. A jovem amava os Gardiner, com todos os defeitos, desde o tio Walter e seus murmúrios até a cozinheira e sua terrina de carne.

Pelo bem deles, teria de se casar com Hugo.

Pela primeira vez naquela noite, Victoria se sentiu enjoada.

Se casar com Hugo! Se casar com o conde! Somente uma semana antes ela teria rido de forma boba daquela sugestão. É claro que se casaria com Lorde Malfrey! Ela o amava, não?

Mas a jovem sabia agora que o que tinha sentido pelo conde não fora amor. Ela o havia admirado, sem dúvida, pois ele lhe dera a impressão de ser um sujeito bastante atraente no convés do *Harmonia*. Victoria se sentira atraída porque o conde era extremamente bonito, com seus olhos azuis e cabelos dourados. E ela certamente tinha permitido que ele a bajulasse... e ele era de fato muito bom naquilo. Isto é, em bajular Victoria. Ora, ninguém no navio havia pensado em mencionar os olhos cor de esmeralda (bem, cor de avelã, na verdade) nem os lábios altamente beijáveis...

Mas amor? Ela jamais amara Hugo. Tinha aceitado o pedido de casamento somente porque sabia que aquilo irritaria Jacob Carstairs. Sim! Agora estava disposta a admitir a terrível e vergonhosa verdade. Dissera sim ao pedido de Lorde Malfrey porque sabia que Jacob Carstairs os entreouvira e que aquela resposta incomodaria muito ao capitão.

Por acaso *aquela* era alguma razão para aceitar se casar com um homem? Até mesmo as almas mais generosas teriam de concordar: era uma razão excepcionalmente fraca.

E isso a transformava em que tipo de pessoa? Que moça dizia sim para o pedido de casamento de um homem porque queria que aquilo deixasse outro homem — sim, ela admitia agora, sim! — com ciúmes?

Pois tinha desejado com toda a esperança que Jacob Carstairs ficasse com ciúmes do conde e então implorasse para ela se casar com ele.

O que não queria dizer que Victoria teria aceitado caso ele houvesse pedido! Imagine só! Jacob Carstairs era um homem extremamente implicante e irritante, chamando-a de *Srta. Abelhuda* por todo canto e fazendo comentários sarcásticos, e sempre achando que sabia mais que ela sobre as coisas.

E como era teimoso! A altura na qual usava o colarinho era certamente uma prova disso. O homem era impossível, totalmente rebelde. Era ridículo que seus beijos fizessem a cabeça dela girar, ridículo que a deixassem com as pernas bambas. O capitão era um malandro de primeira e o último homem no mundo com que Victoria consideraria se casar.

Mas, mesmo assim, ela teria gostado se ele tivesse pedido — delicadamente.

Sentada na cama, olhando pela janela sem prestar atenção, a jovem se perguntou o que Jacob Carstairs iria pensar quando descobrisse que ela passara a noite no quarto do conde. De todas as pessoas, sem dúvida ele saberia que Victoria fora enganada. Pior que enganada. Retida contra a própria vontade. Sem dúvida conhecendo-a como ele conhecia, Jacob deduziria que ela teria preferido morrer a se desonrar — assim como sua família — daquele jeito. Sem dúvida Jacob...

Com horror crescente, Victoria percebia que Jacob Carstairs não pensaria nada daquilo. Acharia apenas que a jovem era uma menina boba que havia se metido em uma situação boba da qual ela deveria ter conseguido se livrar. Afinal, ela era a Srta. Abelhuda. E senhoritas Abelhudas não se deixavam — simplesmente não se deixavam — ser sequestradas por condes nem ficavam presas contra a própria vontade.

Não. Elas fugiam.

O olhar de Victoria lentamente se concentrou na janela que ela estivera olhando cegamente durante vários minutos.

Uma janela. Havia uma janela no quarto.

Erguendo-se da cama, a jovem caminhou até ela e colocou os dedos na trava do batente. Victoria a levantou com facilidade. Um segundo depois a janela balançava aberta...

...e o ar fresco da noite, doce e limpo após a chuva, atingia seu rosto. Inclinando-se para a frente, Victoria olhou para fora. O quarto no qual estava presa ficava na extremidade da casa. Havia um jardim abaixo, escuro e molhado. Depois dos muros do jardim, dava para ver a rua, que estava vazia àquela hora da noite, e que ainda brilhava sob o luar por causa da chuva. Se ela conseguisse descer até o jardim, seria muito fácil escalar o muro e seguir pela rua estreita e silenciosa em direção à liberdade.

Exceto...

Exceto pelo fato de que estava somente com as roupas de baixo. As roupas de baixo e um cobertor. E estava descalça. Ainda que conseguisse encontrar um oficial — e Victoria não tinha a menor ideia de como faria para chamá-lo —, o que iriam pensar sobre ela, uma menina toda desgrenhada, com o cabelo sem cachos (todo despenteado!) e que vestia apenas pantalonas, uma camisola e um cobertor?

Victoria achava que não havia outra escolha a não ser arriscar. Perguntou a si mesma o que seria pior: ser encontrada vagando pelas ruas de roupas íntimas, ou ser encontrada nos aposentos de um homem ao amanhecer? Se sua reputação fosse ficar arruinada de qualquer jeito — e àquela altura a jovem estava convencida de que ficaria destruída, com ou sem o casamento —, era melhor que fosse da maneira dela, não? Victoria sabia que seria conhecida para sempre como a debutante que desfilou pelas ruas de Mayfair de roupas íntimas.

Contudo, realmente achava que Charles Abbott preferiria se casar com a prima *daquela* garota a se casar com a prima da menina que tinha passado a noite com um homem de quem não era esposa...

Quando decidiu o que fazer, Victoria amarrou o cobertor, que se soltara durante a confusão com Lorde Malfrey, com mais força no corpo. Então subiu cuidadosamente no peitoril da janela e lançou os pés descalços no ar parado e úmido...

...recordando-se de uma outra situação na qual fora forçada a descer de forma nada digna de uma altura de dar vertigem.

Não olhe para baixo, Jacob Carstairs a advertira na outra ocasião, conforme ela hesitara no alto da escada de cordas de seu navio, *e tudo vai dar certo*.

Mantendo o olhar afastado do chão muito abaixo dela, Victoria se agarrou ao peitoril e tateou com o pé descalço, tentando encontrar um lugar para apoiá-lo no tijolo.

E então ela começou a descer.

Capítulo 15

A descida não era tão acentuada quanto aquela do *Harmonia*, mas foi consideravelmente mais longa, pois Victoria tinha de procurar apoios para os pés e, às vezes, não encontrava nenhum. Felizmente o prédio era antigo e não estava no melhor estado, caso contrário, ela poderia ter ficado presa, segurando na lateral das paredes, sem conseguir continuar descendo.

Mas, como encontrou alguns lugares onde o tijolo e a argamassa estavam desgastados, além do ocasional lintel decorativo, Victoria conseguiu avançar quase até o chão. Ao chegar numa janela no primeiro andar, ela pulou, temendo que alguém olhasse para fora e tocasse a campainha quando a visse. Pular daquela altura sem sapatos para proteger os pés do impacto com o chão não foi nada fácil. Por sorte, a chuva amolecera a terra e a jovem afundou na lama grossa e escura de um canteiro de rosas até o tornozelo em vez de quebrar as duas pernas.

Com nojo — especialmente porque tinha perdido o cobertor naquele processo e precisou resgatá-lo dos espinhos de uma roseira próxima com muito cuidado —, Victoria tirou os pés da lama e atravessou o jardim escuro até o muro que o separava da casa vizinha. Aliviada, percebeu que havia uma porta no centro do muro com uma trava de ferro que girava com facilidade... embora não fosse exatamente silenciosa. Olhando por sobre os ombros nus, a jovem achou que seria pouco provável que o ruído das dobradiças enferrujadas fosse ouvido. Havia pouquíssima luz atrás das cortinas da sala de estar e dos quartos, e todos nos aposentos de Lorde Malfrey pareciam estar dormindo. Possivelmente conseguiria fugir com facilidade. Exceto por alguns arranhões de espinhos e pelos pés cobertos de lama, Victoria não estava machucada.

Como o conde ficaria zangado quando destrancasse a porta do quarto extra de manhã e descobrisse que ela não estava lá! Ah, como gostaria de poder ver o rosto dele! Seria digno de um retrato, sem dúvida.

Então Victoria viu uma coisa que a deixou sem fôlego: uma cabeça saindo da janela que ela deixara aberta! Era a cabeça de Lorde Malfrey, percebeu a jovem imediatamente. Ora, ele devia ter voltado ao quarto para dar uma olhada nela! Victoria não podia perder um instante sequer. Precisava escapar naquele segundo, ou seria pega.

Ao passar pela porta — encolhendo-se conforme as dobradiças rangiam, pois sem dúvida o rapaz olharia naquela direção e a veria —, ela notou que a saída não dava no jardim de trás dos vizinhos como tinha pensado, e sim num beco escuro e estreito entre os muros dos dois quintais. Por segundos, ocorreu-lhe que aquele era o tipo de lugar onde ratos gostavam de ficar.

Mas Victoria afastou o pensamento pouco corajoso da cabeça — não havia tempo para se preocupar com ratos. Condes eram o problema imediato. Levantando a barra do cobertor, a jovem começou a correr pelo beco o mais rápido que conseguia com os pés descalços — ciente de que poderia haver vidro quebrado ali. Ela seguiu na direção contrária àquela da rua para onde Lorde Malfrey olhava, pois temia que o beco fosse acabar levando-a a sair bem na frente dele.

Logo a jovem descobriu que não era nem um pouco divertido sair correndo por um beco na calada da noite após uma tempestade, sem sapatos e vestindo apenas as roupas de baixo, além de um cobertor. De forma medonha, ela esmagava todo tipo de coisa com os pés. Mas não iria se permitir pensar no que essas coisas podiam ser. Atrás dos muros altos dos jardins, havia também cães de ambos os lados, que lhe sentiam a presença e começavam a maior algazarra, latindo territorialmente. Victoria tinha certeza de que Lorde Malfrey a acharia rapidamente, apenas seguindo o barulho dos cachorros da vizinhança.

E o fato de a lua estar brilhando tanto não era necessariamente vantajoso, afinal só a tornava mais visível para qualquer um que a estivesse procurando. Pior ainda, projetava sombras em grande parte do beco... das quais

Victoria não conseguia deixar de imaginar diversos tipos de indivíduos repugnantes pulando e atacando-a. Que importância os ratos e os cachorros violentos tinham perto de pivetes? Ou pior, de piratas?

Com o coração quase saindo pela boca, a jovem continuou seguindo rapidamente pelo beco. Já podia ver que se aproximava de uma rua — de uma santa rua! Uma rua onde havia carros para alugar — ela viu um passando! Ai, se conseguisse simplesmente chamar uma carruagem que a levasse em segurança para a casa dos tios... Victoria estava sem dinheiro algum, claro, mas certamente conseguiria convencer o condutor de que ele receberia uma ótima recompensa do tio ao deixá-la...

Só que, quando Victoria finalmente chegou à rua — após um último rompante de velocidade, pois estava certa de que a qualquer momento o conde apareceria atrás dela —, e pulou na frente da primeira carruagem que viu, tentando pará-la, o condutor a xingou grosseiramente! Ele soltou palavrões e disse que o inferno iria congelar no dia que ele levasse gente *daquele* tipo em seu carro limpo!

Com raiva, a jovem ficou olhando a traseira da carruagem que ia embora. Gente *daquele* tipo? O que ele poderia querer dizer com aquilo? Gente tipo a filha de um duque? Mas todos gostavam de filhas de duques.

Não importava. Aquele condutor em particular visivelmente tinha algum problema. Havia outro carro vindo; infelizmente não era para alugar, mas era uma carruagem de aparência bem respeitável. Victoria levantou o braço e gritou para o condutor:

— Senhor, por favor, estou em apuros. Poderia gentilmente me levar para...

Mas, fazendo um som grosseiro, o homem ergueu o chicote para ela! Ergueu o chicote e então berrou:

— Fora de meu caminho, mocinha! Não quero confusão esta noite!

Confusão? Victoria pulou para fora do caminho da carruagem — afinal, teria sido atropelada se não tivesse se desviado — e piscou, chocada. Confusão? Qual era o *problema* das pessoas? Será que não percebiam que ela era uma vítima desesperada de sequestro e que precisava de resgate imediato? Meu Deus, se continuasse assim, ficaria ali a noite toda. Aí certamente Lorde Malfrey a encontraria...

Então, da esquina, Victoria viu algo muito bem-vindo para seus olhos cansados e quase soltou uma risadinha contente. Era um guarda oficial, balançando o cassetete e assobiando uma melodia alegre. Delirando de felicidade, a jovem correu para ele.

— Senhor, senhor! — exclamou ela quando o alcançou. — Estou tão feliz por vê-lo! Precisa me ajudar, senhor. Meu nome é Lady Victoria Arbuthnot e aconteceu uma coisa terrível...

— Chispe daqui, moça — disse o homem, de forma relativamente amigável, enquanto dava um leve empurrão para que ela se afastasse. — Esta é uma boa vizinhança. Volte lá para Seven Dials, onde é seu lugar.

Espantada, Victoria repetiu num tom magoado:

— Seven Dials? Não sei o que isso quer dizer. Não ouviu o que eu disse? Sou Lady Victoria Arbuthnot e fui...

— E eu sou o Bonnie Prince Charlie — respondeu o oficial gentilmente. — Vá para casa, menina. E, pelo amor de Deus, ponha uma roupa. Vai matar sua mãe de vergonha saindo por aí quase nua desse jeito. Sem falar que pode morrer pegando alguma coisa.

— Mas...

Sem lhe dar mais atenção, o homem deu outro empurrão em Victoria, não tão gentil dessa vez, então se virou e seguiu pela rua, assobiando alegremente. A jovem ficou olhando para ele de forma desesperada.

Somente ao ver um casal do outro lado da rua — um homem e uma mulher bem-vestidos — que ela se deu conta de como devia estar a própria aparência. A mulher, vendo-a rapidamente, disse "Tsc, tsc!" alto, e o homem colocou o braço de forma protetora em volta dela, como se temesse que Victoria pudesse atacá-los com uma enxada.

Ela estava em choque. Certamente ninguém poderia achar que ela *escolhera* se vestir daquela forma. Mas, pelo visto, era exatamente o que aquele bando de londrinos frios achava. Ora, deviam pensar que ela era uma louca, ou — e Victoria engoliu em seco naquele momento — algo ainda pior.

Com as bochechas coradas, a jovem voltou para outro beco, que ficava algumas ruas depois do beco próximo à casa de Lorde Malfrey. Meu Deus, o que ia fazer? Não tinha ideia de onde estava e nenhuma noção de como voltar para casa. Estava com frio e molhada, e os pés começavam a doer, e todos em Londres pareciam achar que ela era maluca. Pelos céus, o que ia fazer? Victoria não conseguia deixar de pensar que parecia ter saído de uma situação ruim para outra ainda pior. Porque, embora a ideia de se casar com Lorde Malfrey fosse repugnante, para dizer o mínimo, ser confundida com uma louca pelas ruas da cidade parecia infinitamente pior!

Então, quando começou a achar que estava no fundo do poço, ela ouviu um som que fez o sangue gelar. Era uma voz masculina logo atrás dela que dizia:

— Ora, ora, o que temos aqui?

Pensando que era o conde e que ela seria pega, a jovem fechou os olhos, rezando em silêncio para que tivesse forças. Ela se perguntou se por acaso o oficial voltaria para salvá-la caso gritasse. Era pouco provável. Não tinha escolha. Precisava enfrentar o fato de que não podia mais fugir e de que não havia ajuda na cidade de Londres para uma mulher usando apenas as roupas de baixo e um cobertor... mesmo em se tratando da filha de um duque.

Victoria engoliu em seco e virou-se para encarar seu algoz...

...mas não se viu diante de Lorde Malfrey, e sim de um monte de crianças tão sujas e maltrapilhas quanto ela.

— Ei — começou a criança mais velha, cuja voz ela confundira com a de Lorde Malfrey. E de fato pertencia a um homem, ou pelo menos a um menino que estava no limite de se tornar um adulto. — O que está fazendo por aqui? Esta área é *nossa*, entendeu? Volte para sua parte da cidade, ou vai aprender rapidinho.

Sem saber sobre o que o garoto falava, Victoria levantou a mão para tirar o cabelo desgrenhado do rosto.

— Por favor — retrucou ela, com a voz cansada. — Adoraria voltar para minha parte da cidade, mas não sei como chegar lá e nenhuma carruagem quer parar para mim.

Os olhos do menino se arregalaram perceptivelmente.

— Nossa! — gritou ele. — É você, moça?

Victoria piscou os olhos para ele, que ficara muito entusiasmado, embora seus companheiros não estivessem nem um pouco tão animados assim.

— Não sei bem — respondeu a jovem. — Eu... eu o conheço?

— É você *mesmo*! — exclamou o garoto. — Tem de se lembrar de mim, sei que se lembra! Da semana passada, no parque?

De repente ela o reconheceu. Era o moleque, aquele que tentara roubar a bolsa de Rebecca.

— Você! — gritou ela. — Minha nossa! Como você está? — E ela estendeu a mão direita educadamente.

Se estava surpreso com aquela gentileza, o menino não demonstrou. Ele apertou a mão dela ansiosamente e comentou com os amigos:

— É ela! A moça de quem falei. Que me ajudou a fugir quando as pessoas queriam chamar os oficiais.

As outras crianças a cumprimentaram, mas continuaram a encarando com desconfiança. Victoria entendeu o porquê quando o segundo mais velho comentou:

— Mas, Peter, você disse que era uma moça chique com uma sombrinha.

Peter — que era aparentemente o nome do menino — assentiu.

— Ela era! Quero dizer, você era, não era, moça? Mas... se não se importar com a pergunta... você perdeu a sombrinha?

— E o resto de suas roupas? — intrometeu-se uma das crianças mais novas.

— Era — confirmou Victoria com o coração transbordando de gratidão porque finalmente, finalmente alguém estava disposto a ouvi-la. — Era, sim. Olhe, foi uma coisa terrível. Fui sequestrada por um homem medonho. Bem, não fui exatamente sequestrada, pois fui com ele por livre e espontânea vontade. Mas apenas para entregar-lhe umas cartas. Então fomos pegos pela chuva, e então a mãe dele disse que colocaria minhas roupas para secar, mas depois ela não queria mais devolvê-las, e eles me trancaram num quartinho, e acabei de fugir e... — Ela parou para recuperar o fôlego. — E eu ficaria realmente muito agradecida se você me ajudasse a voltar para casa.

A mais nova das quatro crianças puxou a camisa de uma outra do grupo e perguntou:

— O que quer dizer "sequestrada"?

— Não importa — respondeu Peter generosamente. — É claro que vamos ajudar, moça. Você me ajudou quando precisei, então vamos ajudar também. — Então, olhando para os pés cobertos de lama de Victoria, ele observou: — Mas não vai conseguir ir longe assim. O que acha de dar um pulo ali na esquina onde ficamos, aí você pode descansar um pouco e talvez limpar os pés?

— Ah — disse Victoria, quase chorando de gratidão. — Seria ótimo.

Assim, Peter ofereceu o braço para ela como se fosse o mais chique dos cavalheiros e, com o bando logo atrás, acompanhou Victoria até o lugar "onde ficavam", que era um quarto extremamente pequeno e precário no porão de um prédio também pequeno e precário a alguns quarteirões dali. O local tinha cheiro de gato — de fato, as crianças dividiam o cômodo com vários —, mas pelo menos os bichos garantiam que não houvesse ratos, pensou a jovem.

O quarto era quente e seco, além de bastante iluminado por dezenas de tocos de velas... mais ou menos como Victoria sempre tinha imaginado a caverna do Ali Babá. Ofereceram-lhe um copo de chá quente — embora bem fraco —, que ela bebeu sedenta e agradecida enquanto olhava em volta.

— Todos vocês moram aqui? — perguntou a jovem, pois havia algo acolhedor sobre o cômodo precário. Trapos de roupa estavam pendurados no teto, e havia vários colchonetes de palha espalhados, que pareciam confortáveis o suficiente.

— Ah, sim — respondeu Peter, visivelmente orgulhoso da casa. — A gente paga o aluguel como todo mundo. É bem quentinho no inverno e com bastante privacidade.

Então eles lhe deram uma tigela com água meio suja para lavar os pés, e Victoria curvou-se para raspar um pouco da lama antes de mergulhá-los na bacia.

— E onde estão seus pais? — Lembrando-se do que o menino contara quando fora pego, os olhos da jovem se arregalaram. — Não foram *todos* enforcados, foram?

— Nada — disse Peter para o alívio de Victoria. — Mas o pai bebe. E a mãe... bem, a gente não sabe onde ela está.

— Pais — comentou uma criança mais nova num tom zombeteiro. — Quem precisa deles!

Victoria, que também era órfã, entendia bem o sentimento e não disse nada em resposta. No entanto, falou:

— Mas certamente há meios mais seguros de ganhar dinheiro que roubando as pessoas no parque. Não pode... sei lá... trabalhar limpando chaminés ou algo assim? Pelo menos assim não precisaria ter medo de ser preso.

Peter olhou com desdém.

— Limpador de chaminé? É preciso ser aprendiz para conseguir trabalho assim. E ninguém vai me querer como aprendiz.

Victoria colocou os pés na água e ficou surpresa ao sentir que eles ardiam um pouco. Ela percebeu que devia tê-los cortado em alguma coisa.

— Não vejo por que não — comentou ela, ignorando a dor. — Você parece um menino inteligente.

— Ah, ele é — confirmou uma das crianças. — Mas é um ladrão.

Aparentemente aquilo seria tudo que diriam sobre o assunto. Peter claramente tinha se cansado da conversa e agora mostrava a ela uma ponta de pena, assim como um pedaço rasgado de papel, que antes fora a lista de compras de alguém. Como era um menino esperto, evidentemente tinha achado e guardado o papel para uma situação exatamente como essa.

— Imaginei que podia querer enviar uma mensagem para alguém, moça — disse ele num tom cavalheiresco. — Me diga aonde levar e a entrego.

Outra criança do grupo fez objeção àquela oferta generosa, mas o menino a interrompeu com um sussurro:

— Não seja idiota. Ela vai mandar isso para algum riquinho que vai me dar uns trocados.

O plano parecia bastante prático para Victoria, que respondeu:

— Realmente, é bem provável que ele dê uma libra inteira para você, assim como uma carona de volta. — Então, pegando a pena, ela escreveu cuidadosamente:

Algo muito terrível aconteceu. Estou bem, mas será que poderia vir com este jovem me buscar imediatamente? E não comente com ninguém sobre isso. Ah, e por favor, traga um vestido e um par de sapatos (de qualquer tipo).

Muito sinceramente,
V. Arbuthnot

Não havia espaço no pedaço de papel para mais; caso contrário, teria explicado um pouco melhor. Victoria dobrou o bilhete e o entregou a Peter, mencionando o endereço. O menino assentiu, parecendo conhecer bem o lugar, e garantiu que voltaria rapidamente.

Então ele saiu e a deixou sob o cuidado pouco atento de seus irmãos, que pelo visto não achavam nada estranho ter uma jovem vestida apenas com as roupas de baixo e um cobertor no cômodo. Na verdade, pareciam muito tranquilos com aquela situação e apenas fizeram uma ou duas perguntas a Victoria, para sondar se ela sabia ler. Quando ficou claro que sim, as crianças lhe entregaram um panfleto e pediram que ela dissesse o que estava escrito.

E foi assim que, mais ou menos meia hora depois, Jacob Carstairs encontrou Lady Victoria Arbuthnot lendo em voz alta um formulário de corrida abandonado para três crianças maltrapilhas.

Capítulo 16

É claro que havia diversas outras pessoas para quem Victoria poderia ter enviado o pedido de ajuda. Havia tio Walter, por exemplo. Havia o Sr. Abbott. Havia o Capitão White, do *Harmonia*. Havia uma série de outros cavalheiros que ela conhecera desde que tinha chegado em Londres.

Mas, ao decidir que um cavalheiro deveria buscá-la, Victoria tinha pensado somente em um nome: Jacob Carstairs.

O que acontecera, pura e simplesmente, porque o capitão era a única pessoa com quem ela podia contar para ficar de boca fechada sobre o que Lorde Malfrey e a mãe haviam tentado fazer. Afinal, Jacob mantivera em segredo o que o conde fizera com a irmã durante todo aquele tempo. Então provavelmente não sairia pela Inglaterra aos berros sobre a situação de Victoria também.

Era essencial, é claro, que a notícia em relação ao que Lorde Malfrey tentara fazer não se espalhasse. O Sr. Gardiner, com seus murmúrios, certamente iria insistir para que fossem à polícia. O Capitão White, por ser um militar, provavelmente faria o mesmo. E quanto a Charles Abbott... bem, Victoria teria preferido morrer a torná-lo parte de algo tão sórdido. O casamento com Rebecca aconteceria em apenas algumas semanas. Nada deveria atrasá-lo — nem, ela sequer queria cogitar a possibilidade, cancelá-lo.

Não. Victoria sequer tinha considerado chamar outra pessoa que não fosse o Capitão Jacob Carstairs.

Mas, ainda assim, ela não estava *feliz* com aquela situação. A jovem não esperava ansiosamente que Jacob Carstairs, dentre todas as pessoas, a salvasse. Ela só podia imaginar os comentários sarcásticos que ele faria ao encontrá-la. Victoria sabia muito bem que ele diria um monte a respeito de moças que iam trocar cartas com ex-noivos sozinhas, e provavelmente também teria algo a dizer sobre moças que aceitam andar a cavalo com o tal ex-noivo durante uma tempestade.

Não importava. Ela aguentaria qualquer coisa — qualquer coisa mesmo — desde que voltasse sem maiores problemas para casa... E desde que os Gardiner — e qualquer outra pessoa, na realidade — jamais descobrissem a verdade sobre aquela aventura.

No entanto, embora tivesse se preparado para a repreensão de Jacob Carstairs, Victoria certamente não tinha imaginado que ele poderia ficar completamente chocado ao encontrá-la sentada ali, em um imundo buraco de ladrões, vestindo apenas as roupas de baixo.

— Victoria! — gritou o rapaz, quando a viu do outro lado do quarto. Ele se abaixou e passou pelo cobertor esfarrapado que servia como porta para o alojamento de Peter, então cruzou o espaço com apenas três passos. — Meu Deus! O quê...?

Desde que Peter saíra para buscá-lo, a jovem ficara repetindo para si mesma que não seria a pior coisa do mundo se ele a visse apenas com roupas íntimas. Afinal, ainda eram *roupas*. Ela ainda estava *vestida*. Victoria estava só usando menos roupas que o normal. Seu corpo continuava em grande parte coberto.

Então a jovem não sabia por que ele parecia tão escandalizado. Ora, o capitão estava até mesmo *corando*! Jacob Carstairs! Se aquela situação toda não fosse tão absurdamente vergonhosa, talvez ela tivesse rido.

Mas, como era, Victoria apenas ficou de pé, segurando o cobertor em volta do corpo o mais apertado que podia, e perguntou:

— Trouxe alguma coisa para eu vestir?

— O quê? — disse o rapaz, com o rosto ainda muito vermelho e aparentemente sem saber para onde olhar. E então ele pareceu se lembrar e jogou um embrulho colorido para Victoria. — Ah, sim. Aqui. Não sei bem o que tem aí. Só fui no guarda-roupa da minha mãe e peguei a primeira coisa que encontrei.

— Isso serve — comentou a jovem, vendo que Jacob trouxera um vestido diurno com uma estampa floral violeta e um par de sapatos de dança de aparência delicada. Em seguida, notando que ele ainda a encarava, ela disparou: — Não precisa ficar olhando embasbacado como um salmão encalhado. Fique de costas.

Ficando ainda mais vermelho, o Capitão Carstairs fez conforme foi pedido, apoiando uma mão firme sobre o ombro de seu jovem acompanhante e girando-o também. Victoria entregou as pontas do cobertor para duas crianças, que, devido ao cabelo longo, ela supôs que fossem meninas e irmãs de Peter. Obedientemente elas ergueram o tecido como se segurassem um trocador enquanto Victoria colocava o vestido violeta e amarrava cuidadosamente os sapatos. Tanto o vestido quanto os sapatos eram grandes demais para ela, mas, como cobriam tudo que precisava, a jovem ficou satisfeita. Ela desejou que tivesse um pente e um espelho para que pudesse ajeitar o cabelo, mas não mencionara aquilo no bilhete e duvidava de que o Capitão Carstairs, mesmo dando a impressão de ser um rapaz excepcionalmente sensato (exceto pela altura do colarinho), teria pensado em algo como aquilo.

— Victoria — disse ele em direção à parede que encarava —, vai me dizer como veio parar aqui, entre todos os lugares do mundo? E onde, pelo amor de Deus, estão suas roupas?

— Bem — começou a jovem, abotoando rapidamente o vestido da Sra. Carstairs —, é uma história meio longa...

— Ela foi sequestrada — interveio uma das irmãs de Peter para ajudar.

— Sequestrada! — Jacob tinha ficado tão surpreso que começara a virar, mas um rugido de Victoria o fez parar. — Sequestrada? — repetiu ele num tom mais baixo, dirigindo-se à parede novamente. — Por quem? Victoria, do que esta criança está falando?

A jovem suspirou. Não havia outra alternativa. Teria de contar tudo para ele. Alisando o vestido violeta, ela disse às irmãs de Peter:

— Pronto. — Então as meninas abaixaram o cobertor e Victoria falou para o Capitão Carstairs: — Pode virar agora.

Jacob se virou, mas Victoria iria apenas se decepcionar caso esperasse algum elogio dele, tal como "Essa cor ficou linda em você" ou mesmo "Agora está melhor", pois ele simplesmente disse:

— Certo, Victoria, podemos ir então? Este lugar... bem, é... — um olhar na direção de Peter o fez repensar o que ia dizer. — Um pouco deprimente.

— Ah. — A jovem fitou os pequenos anfitriões e anfitriãs. — Acho que sim. O Capitão Carstairs pagou você por seu esforço, Peter?

— Cinco libras inteiras — respondeu o menino, com um orgulho na voz que indicava que aquilo era o máximo de dinheiro que já tivera na vida... E, a julgar pela cara das irmãs dele ao ouvirem a quantia, não duraria muito.

— Era tudo que eu tinha comigo — explicou Jacob desconfortavelmente, entendendo errado a expressão das crianças.

Victoria estendeu a mão para Peter, que a apertou entusiasticamente, reforçando que, se a jovem precisasse de qualquer coisa, ela podia procurá-lo. Garantindo que iria, ela olhou uma última vez preocupadamente para o quarto que a recebera tão gentilmente, então permitiu que o Capitão Carstairs a acompanhasse até a carruagem fechada, que esperava do lado de fora.

— Jacob — disse ela, conforme ele lhe dava a mão para que se sentasse —, me sinto péssima de deixar essas pobres crianças aqui, sozinhas. Sinto que deveríamos *fazer* alguma coisa por eles. Não tem nenhuma vaga disponível em sua empresa? Para mensageiros ou algo assim? Peter não poderia ser um aprendiz ou alguma coisa do tipo?

— Victoria — respondeu Jacob, parecendo trincar os dentes —, não vou sair contratando pivetes para minha empresa. Antes de sairmos salvando os órfãos de Londres, que tal me contar exatamente o que aconteceu com você esta noite? Onde estão suas roupas? Sabe que seus tios estão mortos de preocupação atrás de você, não sabe? E que conversa é essa de sequestro?

— Tudo bem, vou contar — começou a jovem, quando Jacob se sentou ao lado dela e bateu em seguida no teto para avisar ao condutor que podia partir. — Mas precisa jurar que não vai começar a gritar comigo. Tive uma noite absolutamente horrível e não vou aturar berros de ninguém agora.

— Achei que não fosse educado jurar — lembrou ele rispidamente.

Victoria lhe lançou um olhar irritado. Por causa da escuridão da carruagem, era difícil enxergá-lo, mas dava para ver-lhe o perfil bem o suficiente com o luar que entrava pelas janelas.

— Muito bem — disse ela. — Tem de *prometer* então.

— Não vou fazer nada disso — retrucou Jacob Carstairs. — Se fez algo para merecer que gritem com você, tenho toda a intenção de gritar até ficar rouco. É possível que eu grite mesmo que não tenha feito nada para merecer isso. Tem ideia, Victoria, do susto que deu em todo mundo? Seus tios entraram em contato às nove horas da noite desesperados, querendo saber se nós tínhamos notícias. Pelo visto achavam que você tinha sido atingida por um relâmpago e morrido durante o temporal à tarde...

— Bem, não fui — comentou ela. — Mas não é uma má ideia. Podemos falar que fui atingida, e que minhas roupas pegaram fogo, e que uns cidadãos gentis me encontraram e me abrigaram, e que eu acabei de recobrar a consciência...

— Victoria. — Agora a jovem tinha certeza de que o capitão estava trincando os dentes. — Sou um sujeito paciente, mas...

Ela não conseguiu deixar de soltar uma risada com aquele comentário.

— Você? Paciente? Até parece.

— Victoria. Apenas conte o que aconteceu.

Então, mantendo-se virada para esconder as bochechas coradas de vergonha — embora fosse pouco provável que ele conseguisse vê-las na escuridão —, ela contou tudo. Contou sobre o encontro com Lorde Malfrey, e sobre a tempestade, e sobre consequentemente ser levada pelo conde a seus aposentos.

Aquela última parte fez o rapaz a soltar um palavrão que doeu nos ouvidos dela.

— Lady Malfrey estava lá! — declarou ela apressadamente para tranquilizá-lo — Só que... bem...

Mas aí Victoria não teve escolha a não ser recontar a verdade vergonhosa sobre a participação da viúva na traição. Ao chegar na parte em que a senhora se recusou a lhe devolver as roupas, Jacob disparou:

— Victoria! Como pôde ser tão burra?

A jovem não achou aquilo nem um pouco justo. Como poderia saber que a viúva, que fora tão gentil anteriormente, era uma desalmada disposta a se rebaixar a tamanha maquinação para que o filho conseguisse um casamento vantajoso?

— Porque eu avisei! — gritou ele ao lhe ouvir os argumentos.

— Você disse apenas que Hugo Rothschild era um patife — informou Victoria. — Disse que ele não era um homem digno. Mas não mencionou que era um sequestrador desgraçado e um canalha.

— Da próxima vez — falou Jacob, parecendo bem ofendido —, serei mais claro. Bem, continue. Conte o resto. Mas vou logo avisando, Victoria, se ele tiver encostado um dedo em você...

Ela sentiu uma excitação curiosa ao ouvir o capitão ameaçar o conde fisicamente, mas disse a si mesma que era só porque Lorde Malfrey realmente merecia uma surra. Ainda assim, Victoria foi forçada a garantir a ele que Hugo não chegara a tocar nela — ela deixou de fora a parte em que o corpo foi carregado e jogado na cama —, pois não queria que Jacob ficasse irado. Embora não fosse incomodá-la pessoalmente — seria até bem divertido, na verdade —, a jovem não queria que os tios o vissem daquele jeito. Afinal, não queria que eles soubessem a verdade terrível sobre o que acontecera. E os dois se aproximavam mais e mais da casa dos Gardiner conforme ela falava.

— E então eu simplesmente saí pela janela — concluiu Victoria rapidamente, reconhecendo a rua na qual tinham entrado. — E corri por aí tentando encontrar alguém que me ajudasse, o que não foi nada engraçado, viu? Londrinos são muito desconfiados, sabia? As únicas pessoas que realmente acreditaram que eu era Lady Victoria Arbuthnot, e não uma maluca que tinha fugido do hospício, foram Peter e as irmãs dele, e elas só acreditaram porque Peter me reconheceu...

Sua voz foi diminuindo quando a carruagem se aproximou da casa de seus tios, logo parando diante dela. Ela percebeu que Jacob Carstairs a encarava com uma expressão indescritível. Victoria não conseguia dizer se ele estava apavorado ou admirado com ela. Achando que podia ser o primeiro caso, ela ergueu os braços rapidamente e começou a ajeitar o cabelo.

— O que foi? — perguntou ela. — Estou mesmo tão terrível? Por que não me disse antes? Não quero que eles fiquem assustados, especialmente se as crianças estiverem acordadas. Você não teria por acaso um pente de bolso com você, teria? Ou quem sabe o condutor tem? Mas acho que, se eu *tivesse* sido atingida por um relâmpago, meu cabelo estaria meio arrepiado, não é?

Jacob Carstairs, no entanto, deixou Victoria completamente surpresa. Não lhe deu um pente — o que realmente teria sido incrível —, mas fez algo ainda mais chocante. Em vez disso, o rapaz apoiou uma mão em cada ombro dela e a puxou meio bruscamente para ele, então a beijou bem na boca.

Victoria só teve tempo de pensar, *Ai, de novo não*, antes de se entregar ao beijo. Pois, por mais que ele a irritasse, ser beijada por Jacob Carstairs era mesmo uma das coisas mais maravilhosas do mundo, equiparável, na opinião dela, a champanhe e sorvete.

Ela não sabia muito bem por que o capitão a tinha beijado — sem dúvida não era porque estava irresistível. Victoria tinha bastante certeza de que havia marcas de sujeira em seu rosto. Então ele a afastou bruscamente e, sacudindo-a, disse:

— Saiu pela janela! Victoria, você podia ter morrido!

— Bem, sim — respondeu ela, um pouco decepcionada com o fim do beijo. — Mas foi bem fácil porque não olhei para baixo, como você disse...

Então felizmente o beijo continuou, e Victoria não pôde deixar de pensar que, para uma pessoa tão irritante, Jacob Carstairs realmente conseguia ser bem reconfortante quando queria. Na verdade, era uma pena que ele não quisesse ser assim mais vezes. Ela estava se sentindo incrivelmente reconfortada quando ele levantou o rosto e disse em voz baixa:

— Droga. — Então acrescentou: — Acho que precisamos entrar.

Àquela altura, Victoria se sentia tão consolada que provavelmente teria seguido Jacob Carstairs até a boca de um vulcão se ele pedisse. Mas o capitão somente a ajudou a sair da carruagem e a subir até a entrada da casa dos tios.

Lá dentro, apesar da hora tardia, todos estavam de pé, esperando ansiosamente por notícias, desde tio Walter até a cozinheira e o furão. Houve muitos gritos da Sra. Gardiner de "Onde você estava, Vicky?" e "Estávamos mortos de preocupação!", além de muitos murmúrios do Sr. Gardiner. As crianças mais novas saltitaram de alegria, enquanto Rebecca, assim como a cozinheira, soltou lágrimas de alívio e felicidade, e Clara ficou deprimida ao saber que nada além de cair no rio tinha acontecido com a prima. Pois, na entrada da casa, ela e Jacob haviam decidido que a história seria que Victoria caíra no Thames, perdendo a bolsa e estragando a roupa e os sapatos, e que uma família de pescadores muito gentil, mas que não falava inglês, resgatara a jovem, só que não tinham conseguido entender os pedidos para que mandassem um recado a sua família.

Não era uma história muito boa — Victoria achava a ideia do relâmpago bem melhor —, porém foi a única com a qual o capitão concordou. Então ela a contou com muito gosto, inventando mil detalhes para Clara, como, por exemplo, que o pescador tinha um filho meio rabugento e sombrio que tentara fazer com que ela comesse um pote de macarrão. A prima ficou muito impressionada com aquilo, pois desconfiava de estrangeiros e realmente detestava macarrão.

— Mas como o Capitão Carstairs encontrou você? — perguntou a Sra. Gardiner, e Jacob respondeu que ele saíra para procurar Lady Victoria e a tinha encontrado por acaso perto da rua Hayter. A jovem informou que o vestido e os sapatos que estava usando tinham sido doados por uma paróquia ali perto. Então explicou que tentava encontrar uma carruagem quando o Capitão Carstairs milagrosamente apareceu sob o luar.

Era a história mais ridícula que já ouvira na vida. Se tivesse tentado enganar sua dama de companhia com aquilo, ou com qualquer coisa parecida, Victoria teria escutado um "Tente de novo. A verdade, agora", enquanto era encarada com frieza.

Mas os Gardiner, que eram em grande parte afáveis, levaram a história com tranquilidade e, satisfeitos com o final feliz, começaram a seguir sonolentos para a cama. Victoria também teria ido alegremente caso não tivesse notado o olhar determinado de Jacob Carstairs ao pegar as luvas e o chapéu com Perkins. Não havia nada que ela pudesse fazer além de ir ao corredor de entrada, enquanto Jacob abria a porta, e demandar:

— Aonde pensa que vai? E acho bom que diga que vai para casa.

O capitão lançou um olhar cauteloso na direção do tio de Victoria, que subia as escadas para o quarto, murmurando.

— Então é melhor eu não falar nada.

226

Furiosa, Victoria beliscou o braço do rapaz com força o bastante para ele se afastar com uma expressão irritada no rosto.

— Victoria! Qual é seu problema? Isso doeu!

— Espero que não esteja indo à casa do conde — sussurrou ela, zangada.

— E se eu estiver?

— Jacob! — Victoria o encarou com raiva. — Nem pense nisso. Ninguém pode saber sobre isso, entendeu? E, se você for até Lorde Malfrey e começar uma briga, ou desafiá-lo a um duelo, ou qualquer coisa idiota assim...

— Idiota! — interrompeu ele. — Vou dizer para você o que é idiota. Idiota é...

— Vicky? — chamou Rebecca da escada, sonolenta. — Está vindo dormir?

— Sim, Vicky — disse a Sra. Gardiner, bocejando. — Venha. Amanhã você termina de agradecer ao capitão.

— Idiota — cochichou Victoria para Jacob, ignorando os parentes — vai ser fazer qualquer coisa que possa espalhar algum detalhe do que aconteceu esta noite.

— Victoria — retrucou ele num tom cansado —, você mesma disse. O sujeito é um canalha. Alguém precisa detê-lo. E se eu tivesse feito isso da primeira vez, quando ele terminou com minha irmã, nada disso, que é dez vezes pior que qualquer coisa que ele fez com Margaret, teria acontecido.

— E se o fizer agora — sussurrou a jovem com urgência —, a vida de Becky será destruída.

— *Becky?* — Jacob Carstairs a fitou como se ela estivesse maluca. — Do que você está falando?

— Do casamento — lembrou Victoria. — Com o Sr. Abbott! Jacob, não pode desafiar Lorde Malfrey para um duelo. Se a notícia se espalhar, as pessoas vão saber que é por minha causa, e o que aconteceu comigo será do conhecimento de todos, e então o Sr. Abbott pode querer cancelar o casamento.

— Que se dane Charles Abbott! — exclamou Jacob, com intensidade. — Se ele cancelar o casamento, vai ser estupidez da parte dele. Não posso fazer nada com relação a isso. E como poderia ser destrutivo para você? Foi apenas uma vítima inocente!

— Vicky! — chamou a Sra. Gardiner do segundo andar. — Despeça-se do Capitão Carstairs e *venha se deitar.*

— Prometa — pediu a jovem, colocando uma mão sobre a dele. — Por favor, Jacob. Prometa que não vai fazer nada precipitado.

Olhando para os dedos apoiados com tanta leveza sobre os dele, o rapaz indagou, com tamanha exaltação que chegou a fazer com que Perkins, que estava ocupado apagando as chamas do lustre acima deles, olhasse para os dois:

— Você parece estar bem preocupada com o Sr. Abbott. E quanto a mim?

Victoria piscou os olhos para ele.

— O que *tem* você? — perguntou ela, realmente sem ter a menor noção do que ele queria dizer.

— Se eu desafiar Lorde Malfrey, posso morrer, sabia? — informou Jacob, com certa amargura. — Você poderia demonstrar *alguma* preocupação pela minha vida.

Achando aquilo extremamente divertido, Victoria respondeu, rindo:

— De fato, eu poderia, se me importasse com você.

Naquele momento, para surpresa da jovem, o capitão pôs o chapéu sobre a cabeça, largou-lhe a mão e retrucou num tom frio:

— Bem, certamente fico feliz por termos deixado *isso* claro. — Então ele saiu, batendo a porta.

Com as sobrancelhas erguidas e uma expressão confusa, Victoria observou enquanto Jacob ia embora. Que rapaz estranho e abrupto! A julgar pelo que Rebecca contara, imaginou que ele teria preferido encontrar Victoria desmaiada e chorosa por conta do que Lorde Malfrey fizera. E pensou que talvez tivesse sido mais eficaz se agarrar ao capitão, implorando para que não fosse atrás do conde, que pedir a ele para não matar Lorde Malfrey por causa do Sr. Abbott.

Ela provavelmente *poderia* ter demonstrado um pouco mais de gratidão por ele ter saído no meio da noite para buscá-la...

Mas, espere aí, nada disso teria acontecido caso o rapaz não tivesse insistido para que ela terminasse o noivado com o conde!

Ao se virar e finalmente seguir para as escadas e para a cama, Victoria concluiu, cansada: realmente, homens eram criaturas muito exaustivas. Em especial aqueles por quem a pessoa acabava se apaixonando.

A jovem se encontrava quase no fim da escada quando percebeu o que fizera e, ao se dar conta daquilo, arquejou como se tivesse sido picada por um marimbondo, então levou a mão ao pescoço, fazendo com que Perkins perguntasse preocupado se ela estava se sentindo bem.

— Ah — respondeu ela. — Perfeitamente bem, obrigada.

Exceto, é claro, que aquilo era uma mentira. Não estava nada perfeitamente bem. Não quando enfim tinha percebido a verdade terrível e óbvia.

Ela estava apaixonada por Jacob Carstairs!

Capítulo 17

Bem, não era como se ele não a tivesse avisado.

Uma dia, Lady Victoria, dissera Jacob, *você vai conhecer um homem cuja vontade não poderá ser moldada para se adequar a seus interesses. E, quando isso acontecer, você vai se apaixonar por ele.*

Como era irritante — como era terrivelmente repugnante! — que ele estivesse certo. Ela *tinha* conhecido um homem cuja vontade não podia moldar, independentemente do quanto tentasse — e meu Deus! Como tentara! E acabou se apaixonando por ele.

A jovem não tinha ideia de como não percebera aquilo antes de ser tarde demais. Todos haviam falado que ela estava apaixonada por Jacob Carstairs — ou pelo menos Rebecca avisara —, mas Victoria se recusara até mesmo a considerar o assunto. Ela, Lady Victoria Arbuthnot, apaixonada por um homem que a provocava constantemente e que não tinha ideia de como se vestir? Imagine só!

Mas lá estava, tão óbvio quanto o próprio nariz. Qual seria a razão para que seus beijos fizessem com que ela se sentisse tão... reconfortada? Qual seria a razão para o capitão ter sido a primeira pessoa em quem ela pensara ao escrever o bilhete lá no quartinho de Peter?

E, acima de tudo — e aquele era o pensamento que mais mexia com ela, que deveria estar morta para o mundo depois do que acontecera, mantendo-a acordada durante boa parte da noite, embora estivesse exausta —, qual seria a razão para ela ter concordado, para começo de conversa, em se casar com o nono Conde de Malfrey?

Nossa, ao pensar naquilo, as bochechas de Victoria queimavam mesmo na escuridão da própria cama. Mas não adiantava nada fingir que não era verdade. Ela já admitira para si mesma que dissera sim ao pedido de Lorde Malfrey para aborrecer o capitão. Ela queria deixá-lo com ciúmes. Por quê?

Porque, embora Jacob fosse uma pessoa irritante e impossível, Victoria estava apaixonada por ele... estivera apaixonada por ele provavelmente desde a primeira vez que o vira.

Mas como aquilo sequer era possível? Por que se apaixonaria por um homem assim? Jacob Carstairs não precisava dela. A vida dele estava perfeitamente organizada; seus negócios tão ordenados quanto os alfinetes da caixa de costura da jovem.

E ele era sempre muito grosseiro com ela, sempre a provocava e fazia pouco da vocação de Victoria, que era, é claro, gerenciar a vida dos outros.

No entanto, com sono, pois já começava a amanhecer, a jovem percebeu que ele estivera certo sobre uma coisa: sua vida estava em um estado totalmente vergonhoso. Especialmente se andava por aí se apaixonando por homens que não precisavam dela.

Mas que a desejavam. O capitão dissera isso no outro dia, quando a pedira em casamento. Que não precisava dela, mas que desejava estar com ela. Ele parecia achar que desejar alguém era melhor que precisar de alguém, mas Victoria não estava muito certa disso.

Naquele momento, deitada e ouvindo a respiração constante de Rebecca na cama ao lado, a jovem começou a se perguntar se por acaso não tinha sido muito apressada ao recusar o pedido de Jacob. Ah, não fora realmente um pedido... não tinha tido luar nem flores, muito menos um anel. Então ela achara que não havia outra escolha, a não ser, é claro, dizer não.

Mas naquele momento... Como se sentia diferente! Se Jacob a pedisse em casamento no dia seguinte — mesmo um pedido pouco sério, mesmo se a chamasse de Srta. Abelhuda e fizesse sons de zumbido, como fazia às vezes —, minha nossa, era capaz de dizer... ela *diria*... sim.

Só que ele não iria pedir Victoria em casamento no dia seguinte. Por que faria aquilo? O rapaz já a advertira uma vez que não voltaria a fazer outro pedido. Do jeito terrível como o tratara — e, exceto pelos beijos, ela o tinha tratado realmente muito mal —, não podia culpá-lo. Que tipo de homem constantemente pedia em casamento uma moça que sempre o recusava? Pior ainda, que aceitava o pedido de casamento de seu maior inimigo?

Ah, não. Jacob Carstairs não faria outro pedido.

E, por conta disso, Victoria passou metade da noite em claro, imaginando como iria se livrar *daquela* confusão em particular. Porque o capitão estivera bem certo quando dissera que havia uma pessoa cuja vida estava uma bagunça total e que precisava desesperadamente do gerenciamento da Srta. Abelhuda; e essa pessoa era ela mesma.

Só que era tão diferente quando o assunto era ela *própria*! Victoria se sentia perfeitamente confortável dizendo aos outros — aos tios, na Índia; à tia; à cozinheira da tia; aos filhos dela; às anfitriãs no Almack; a todos, na verdade — o que deveria ser feito. Mas, quando dizia respeito à própria vida — pelo menos em relação a Jacob Carstairs —, a jovem parecia totalmente incapaz de tomar as decisões corretas. Se tivesse simplesmente sido sincera com ela mesma desde o início, nada daquilo estaria acontecendo. Victoria estaria feliz, como Rebecca, planejando seu casamento... e dessa vez com o homem *certo*.

Em vez disso, rolava na cama de um lado para o outro durante a noite, imaginando como faria para Jacob Carstairs pedi-la em casamento novamente.

Ao amanhecer, Victoria sentia-se irritadiça e mal-humorada, e não descansada e calma. Ela se descontrolou com a coitada da Mariah — que realmente estava progredindo muito para uma empregada que começara de forma tão incompetente — inúmeras vezes enquanto a menina lhe arrumava o cabelo. Então gritou com Jeremiah, que sem pensar direito deixara uma carroça de brinquedo na escada, fazendo com que a jovem quase tropeçasse. Ela não pôde deixar de se perguntar: era aquilo, então, que fazia o amor — o tal amor verdadeiro? Transformava as pessoas em megeras de péssimo humor?

A jovem achava que sim. Pelo menos quando o amor não era correspondido. Que era o caso dela, até que visse Jacob novamente e pudesse se explicar. Pois, por mais que Victoria jamais fosse aconselhar alguém — Rebecca ou Clara ou qualquer moça, na verdade — a ser sincera sobre os próprios sentimentos com seu objeto de afeto, todas as regras tinham ido para o lixo quando se tratava dela mesma. Ela ia contar tudo para Jacob Carstairs assim que o visse. E daí se ele usasse aquilo contra ela para o resto da vida? Victoria, que estava tão acostumada a falar aos outros o que eles deveriam fazer, começava a achar que apreciaria alguém mandando um pouco nela.

Mas, conforme a manhã passava e sem nenhum sinal nem mensagem do Capitão Carstairs, Victoria começou a ficar preocupada. Certamente ele deveria ter escrito ou passado lá pessoalmente. Onde possivelmente estaria?

Quanto mais ela pensava, mais se lembrava da forma terrível como eles tinham se despedido na noite anterior. Jacob ficara muito incomodado com a falta de preocupação de Victoria em relação à segurança do rapaz. *Você poderia demonstrar alguma preocupação pela minha vida*, reclamara ele.

E o que ela fizera para acalmá-lo? Ora, esfregara sal na ferida, é claro!

De fato, eu poderia, se me importasse com você. Victoria dissera aquilo! Que atrevida! Que idiota! Agora era bem capaz do capitão nunca mais procurar por ela, e estaria absolutamente certo. Ele podia muito bem resolver ignorá-la totalmente dali em diante! Podia nunca mais chamar a jovem de Srta. Abelhuda de novo ou rir dela — ou beijá-la! Como ela iria suportar? Como seria possível aguentar aquilo?

Quando passara das onze da manhã e o capitão ainda não tinha dado notícias após a escapadela de Victoria pelos becos de Londres na noite anterior, a jovem — e mais ninguém na casa, claro — começou a ficar realmente preocupada. Aquilo simplesmente não era do costume dele. O rapaz sempre estava por lá, dizendo coisas implicantes sobre seu bordado e carregando os pequenos Gardiner nas costas. Onde ele estava? Será que estava tão zangado assim com ela?

Confusa, Victoria fez a única coisa que conseguiu pensar: pegou o vestido e os sapatos que Jacob emprestara a ela e os enviou para a residência dos Carstairs com um bilhete. A mensagem, sobre a qual ela agonizara por uma hora, dizia:

Querido Jacob,

Em anexo encontrará as coisas que tão generosamente me emprestou na noite passada. Não tenho como agradecer por sua gentileza ao me auxiliar numa hora de necessidade. Foi um verdadeiro cavaleiro errante e ficarei para sempre em dívida com você. Por favor, desculpe qualquer impertinência de minha parte, pois eu estava exausta após aqueles acontecimentos.

Mais que sinceramente,
V. Arbuthnot

Victoria hesitara sobre como se referir a ele. Deveria chamá-lo de Capitão Carstairs? Àquela altura já não se chamavam pelo primeiro nome? Afinal, o homem a tinha visto de roupas íntimas.

E a parte na qual se desculpava por seu comentário ofensivo sobre não se importar com ele... Será que tinha sido precisa o suficiente? Talvez devesse ter mencionado *especificamente* a impertinência pela qual pedia perdão.

Victoria esperava que "Mais *que sinceramente*" deixasse claro que ela mudara de ideia em relação ao que sentia por ele de forma significativa... Ou melhor, não havia mudado o que sentia, pois sempre o amara. Apenas não havia admitido aquilo para si até então.

A jovem disse para si mesma que estava sendo ridícula. Afinal, era somente um *bilhete*, e não a Magna Carta. Ela precisava se acalmar. Tinha simplesmente que mandar o pacote e esperar pela resposta.

Então Victoria o enviou.

Às quatro da tarde, quando ainda não havia recebido nenhuma resposta — nenhum bilhete, nenhuma carta e certamente nada de Jacob Carstairs aparecer pessoalmente —, ela começou a se perguntar se alguma coisa não havia acontecido. Imaginou que a carruagem do capitão podia ter sofrido um acidente e tombado ao voltar da casa dos Gardiner e que ele podia estar até aquele momento esmagado embaixo das rodas!

Mas, se tivesse sofrido um acidente assim, ela teria descoberto. Jeremiah e os irmãos tinham muito interesse em acidentes e vasculhavam a vizinhança todo dia à procura de um.

Assim, às cinco da tarde, um pensamento ainda mais terrível lhe ocorreu: e se Jacob tivesse desafiado o conde apesar de seu pedido para não fazer aquilo! E estivesse morto no Hyde Park com uma bala no coração!

Ah, não! Certamente não! Sem dúvida, se Jacob e Lorde Malfrey tivessem duelado, ela saberia. A Sra. Carstairs teria escrito para contar a triste notícia...

Além disso, se o capitão e o conde duelassem, Jacob com certeza ganharia! Ora, Lorde Malfrey era um covarde que tentava planejar para que herdeiras inocentes se casassem com ele! Sem dúvida um sujeito assim jamais ganharia um duelo, não contra um homem que fizera o negócio de navios do pai crescer sozinho, transformando-o numa empresa avaliada em quarenta mil libras, ou até mais...

— Minha nossa, Vicky — disse Rebecca, conforme as duas colocavam os vestidos de baile, afinal era quarta-

-feira, o dia de ir ao Almack, faça chuva ou faça sol, com amantes mortos ou não. — Você está assustadiça como um gato. — Quando ouvira a campainha tocar, Victoria tinha corrido até a janela para ver se a carruagem do Capitão Carstairs estava lá embaixo. Mas era apenas o sorveteiro. — Tem certeza de que está bem? Não pegou um resfriado da queda no rio, pegou?

Olhando tristemente para o reflexo no espelho, Victoria disse a si mesma que, se Jacob Carstairs realmente tivesse sido assassinado por Lorde Malfrey, ela teria de refazer o guarda-roupa. Pois mesmo não sendo casada com ele, a jovem se *sentiria* viúva.

— Estou bem — murmurou Victoria em resposta.

— Mas não parece — informou Rebecca gentilmente. — Belisque as bochechas um pouco. Isso, bem melhor.

— Becky. — Victoria olhou para o reflexo da prima no espelho. — Lembra quando disse que achava que Jacob Carstairs estava apaixonado por mim?

— Aham — afirmou a menina, colocando um par de brincos de safira de Victoria e admirando o modo como as pedras brilhavam.

— E também que você achava que talvez eu estivesse apaixonada por ele?

— Sim. — Rebecca beliscou as próprias bochechas. — E daí?

— Ah — disse Victoria, soltando um suspiro. — Nada.

Rebecca se virou para fitar a prima, as claras sobrancelhas erguidas.

— Victoria! — exclamou ela, com os olhos brilhando tanto quanto as safiras na orelha. — Você o ama, *não é*?

— Não, não amo — retrucou ela rapidamente. — Não mesmo. — Então, percebendo o que dizia, a jovem escondeu o rosto nas mãos. — Ai, tudo bem. Eu o amo. Amo, e agora é tarde demais, porque fui tão terrível com ele! Ai, Becky!

Então, de repente, todas as lágrimas que não tinham caído durante o término com Lorde Malfrey vieram em uma enxurrada que fazia lembrar o Ganges na temporada das monções.

— Vicky! — Rebecca jamais vira a prima mais jovem chorando e não sabia o que fazer. — Meu Deus, Vicky! Querida! Não chore! Ah, ele ama você, tenho bastante certeza disso. Ele a resgatou dos pescadores horríveis ontem à noite, não foi?

Aquilo só fez com que Victoria chorasse ainda mais. Perdida, Rebecca correu atrás de sua mãe, que saiu com apenas metade da roupa da própria penteadeira para fazer o que mães fazem quando veem um filho sofrendo: ela levou Victoria a seu colo farto e tentou acalmá-la.

— Pronto, pronto. Vai ficar tudo bem. Acho que toda a emoção finalmente a alcançou. Melhor ficar em casa hoje à noite com um tijolo quente, não é?

Apavorada, Victoria rapidamente saiu dos braços da tia e disse:

— Não, não. Estou bem. Preciso ir. *Preciso* ir!

Afinal, havia apenas um lugar onde encontraria Jacob Carstairs de novo, o lugar onde todos se reuniam às quartas-feiras à noite. E esse lugar era o Almack.

— Acho que não deveria, filha — disse a Sra. Gardiner, preocupada. — Parece cansada. Não prefere ficar aqui com Clara e os mais novos e...?

— Não! — Victoria quase engasgou. — Não, não!

A Sra. Gardiner a olhou com curiosidade, então deu de ombros e respondeu:

— Faça como quiser. Mas se apressem, meninas; vamos sair em meia hora.

Meia hora não era suficiente para Victoria se acalmar e reparar o dano que as lágrimas tinham feito. E não era suficiente para que Rebecca se acostumasse com aquela nova criatura — uma prima Vicky que chorava por Jacob Carstairs, o sujeito que ela jurara certa vez ser seu inimigo. Portanto, foi um grupo sério que chegou ao Almack naquela noite... Embora a serenidade de Rebecca fosse restaurada por Charles Abbott, que imediatamente a convidara para uma quadrilha. Victoria ficou para trás, perambulando pelos cômodos à procura de um rosto, um único rosto, e não o encontrando.

— Ele não está aqui — lamentou ela para Rebecca, que tinha saído do salão de dança para amarrar os sapatos. — O Capitão Carstairs não está aqui!

— É claro que não — respondeu Becky. — Ainda está cedo, Vicky. Não se preocupe.

Mas a prima não entendia. Ela não havia ouvido o que Victoria dissera a Jacob na noite anterior. E ela não sabia de Lorde Malfrey e da possibilidade do capitão estar morto com uma bala na cabeça *naquele exato momento*!

E o fato de o conde ainda por cima poder aparecer no Almack não deixava Victoria nada confortável. Que tipo de homem ousaria dar as caras depois das coisas terríveis que tentara fazer com ela? Não, não seria nenhum espanto que Lorde Malfrey não estivesse ali. Mas Jacob era outra história. Até onde a jovem sabia, ele jamais perdia uma única noite. Só podia estar ausente porque estava morto... ou porque a odiava. De qualquer modo, ela estava destruída e recusou o convite de todos os homens que se aproximaram, chamando-a para dançar. Até que finalmente a Sra. Gardiner se aproximou e disse:

— Querida, sei que ainda está com o coração partido por causa do fim de seu noivado com o conde. Mas não acha que deveria dar uma chance a um desses cavalheiros? Você é muito nova, querida, e vai aprender a amar de novo...

De certo modo foi irônico que, enquanto aquelas palavras saíam da boca da tia, um rapaz de colarinho baixo demais para ser estiloso entrava pela porta. Victoria não precisava ver o rosto vestindo aquela roupa para saber a quem pertencia. Apenas um homem em Londres o usava tão baixo e fora de moda.

E foi em direção a ele que Victoria correu com um grito de felicidade.

Capítulo 18

— Capitão Carstairs — disse Victoria, aproximando-se dele com pressa. — Boa noite.

Ele olhou para baixo na direção da jovem. Se havia qualquer surpresa naqueles cínicos olhos cinzentos, o rapaz não demonstrou. Jacob agiu como se ela corresse pelo salão de dança para cumprimentá-lo todos os dias da semana.

— Lady Victoria — respondeu ele de modo cortês e frio.

Aquele tratamento a cortou como nenhuma palavra indelicada teria. Cortês! Jacob Carstairs? Com *ela*? Ah, a situação era realmente péssima! Pior do que tinha imaginado. Um tiro seria mesmo a única coisa mais terrível que aquilo.

Com o coração cheio de medo, Victoria fez a única coisa que poderia fazer naquela circunstância: agarrou o capitão pelo braço e o carregou para o canto mais próximo, onde eles poderiam desabafar finalmente.

— Victoria — disse ele, parecendo consideravelmente irritado enquanto era empurrado até uma cortina de veludo, atrás da qual estariam protegidos dos olhares curiosos dos outros frequentadores do Almack. — Pelo amor de Deus, o que foi?

A jovem não podia acreditar que ele ia simplesmente perguntar "o que foi?" quando ela passara o dia inteiro sentindo que seu coração se partia.

— O que *foi*? — demandou ela. — *O que foi?* Por que não respondeu meu bilhete?

O rapaz deu de ombros, tentando ajeitar o casaco que Victoria puxara para carregá-lo até o canto.

— Por que eu deveria ter respondido? — perguntou ele. — Eu sabia que a veria agora à noite.

A jovem estreitou o olhar para ele.

— Ah, sabia que me veria à noite, é?

— Por que está repetindo tudo que eu digo? — questionou Jacob. — E por que está com essa cara?

Victoria imediatamente levou as mãos ao rosto.

— Com que cara? Do que está falando?

— Não sei — respondeu ele. — Você está... meio vermelha. É compreensível depois de tudo que aconteceu ontem à noite. Provavelmente está febril. Seus tios não deveriam tê-la deixado vir. É melhor eu falar com eles...

— Jacob! — gritou Victoria, batendo os pés, furiosa.

Ele a fitou com curiosidade.

— O que foi agora?

— Por que está agindo assim? — indagou ela.

— Assim como? — O capitão parecia verdadeiramente não saber.

— Tão... tão cortês? — A jovem apontou o leque para ele de modo ameaçador. — Pare com isso. Já pedi desculpas no bilhete pelo que disse ontem à noite.

Um dos cantos da boca do rapaz se curvou, mas o outro permaneceu normal.

— É verdade — afirmou ele. — Embora não tenha mencionado exatamente a qual das muitas coisas desagradáveis se referia.

— Sabe muito bem a qual eu me referia — retrucou a jovem, de modo arrogante. — Não me faça dizer.

— Ah, acho que deveria — comentou ele, cruzando os braços na frente do peito. — Acho que me deve pelo menos isso.

Sabendo que estava ficando absurdamente corada, mas sem poder fazer nada a respeito daquilo, com o olhar voltado para o chão, Victoria falou:

— Me... Me desculpe por dizer que não me importava com você.

Mas Jacob não estava satisfeito, pois continuou olhando para ela com os braços cruzados.

— Porque...?

— Porque... É. Quero dizer, me importo. Um pouco.

— Um pouco.

— Sim. — A jovem olhou para cima e foi tomada por uma onda justificada de indignação ao ver que ele sorria. — Bem, espero que não esteja querendo ouvir que eu o amo depois da maneira como me tratou!

— A maneira como tratei você! Ah, que ótimo. E que maneira foi essa, além de muito melhor do que você merecia?

Victoria bufou.

— Por favor! Me chamando de Srta. Abelhuda e me dizendo o que fazer, e então... e então me deixando sozinha o dia inteiro sem um sinal de vida! Jacob, achei que podia estar morto!

— Morto? — Se a impressão dela não estivesse errada, o rapaz parecia estar achando aquilo tudo muito engraçado. — Por que pensaria isso?

— Ora, porque não foi me ver e não respondeu ao bilhete e... bem, você sabe. Lorde Malfrey.

— Ah, sim. — Ele já não parecia tão contente. — Lorde Malfrey. Bem, Victoria, talvez queira saber que o motivo pelo qual eu não passei para vê-la nem respondi ao bilhete foi porque eu estava ocupado. Ocupado lidando com amigos seus, na verdade.

— Amigos meus? — Ela parecia chocada. — Mas com quem possivelmente...?

— O jovem mestre Peter — respondeu Jacob. — Ofereci a ele uma vaga de aprendiz em um de meus escritórios, e você ficará feliz ao saber que minha oferta foi aceita.

Victoria não tinha certeza se ouvira direito.

— Você... você *o quê*?

— Bem, pensei um pouco e decidi que você estava certa. Não podíamos deixar aquelas crianças naquele porão. Um de meus funcionários os acolheu. Ele tem bastante espaço; o filho é comandante de um dos meus navios, que está a caminho das Antilhas. Peter e as irmãs pareciam estar se acomodando bem quando os deixei. O Sr. Pettigrew e sua esposa adoram crianças. Mas infelizmente tive de impor um limite com relação a adotar os gatos...

Victoria olhou para Jacob completamente surpresa. Realmente não tinha certeza se acreditava no que ouvia.

— Mas... mas... achei... achei que você tivesse ido matar Lorde Malfrey.

— Ah, pensei nisso — admitiu o capitão. — Mas não parecia valer a pena. Apesar de você não ter dado muito valor a minha vida, gosto dela e detestaria arriscá-la por causa de um imbecil como Malfrey.

— Ai, Jacob — começou ela, com os olhos se enchendo de lágrimas exatamente como ocorrera mais cedo no quarto de Rebecca. — Eu nunca...

— Não. Tive uma ideia melhor — disse o rapaz. — Fui a Lorde Malfrey e lhe fiz uma proposta irrecusável, assim como à mãe.

— Uma proposta? — Victoria o encarou, confusa. — Que tipo de proposta?

— Bem — disse Jacob amigavelmente —, falei para eles que poderiam viajar de graça para a França em um de meus navios caso prometessem nunca mais pôr os pés em Londres.

Victoria piscou, esquecendo-se que chorava. Uma lágrima caiu e escorreu despercebida por sua bochecha.

— Por que — ela se viu perguntando — eles iriam aceitar essa proposta? Ah, Jacob, espero que não tenha

247

falado que, se não aceitassem, você iria à justiça. Não quero que ninguém saiba do que aconteceu comigo! E se a notícia se espalhar...

— Não, não. Não se preocupe com seu precioso Sr. Abbott. Não disse nada do tipo. — O capitão tirou um lenço do bolso do colete e o deu para Victoria, como se não fosse nada além de uma xícara de chá. — Eu disse que tive um dia bem cheio. Antes de passar nos Rothschild, fiz uma visita ao tribunal consistório.

— Ao tribunal consistório? — A jovem balançou a cabeça. — Mas o quê...

— Eles guardam registros — informou ele casualmente. — Nas câmaras públicas. É bem impressionante, na verdade. Qualquer um pode entrar lá e olhar. Demorei um pouco, estava tudo meio empoeirado, mas minha persistência valeu a pena, sabia? Me deparei com um fato muito interessante sobre seu Lorde Malfrey.

— Ele não é *meu* Lorde Malfrey — disparou ela.

— Certamente não. Ele é, ou melhor, era, de uma tal de Mary Gilbreath.

Esquecendo-se da irritação por ele ter chamado Lorde Malfrey de "*seu* Lorde Malfrey", Victoria perguntou com curiosidade:

— Quem é essa?

— Não sabe? Estou meio surpreso por você não saber. Mas a Índia é um país grande, então talvez não tenha esbarrado com ela. Mary Gilbreath é, ou melhor, era, a primeira Lady Malfrey.

A jovem arqueou as sobrancelhas.

— Está dizendo... que a viúva foi a segunda esposa do oitavo Conde de Malfrey?

— Não, nada disso — respondeu Jacob. — Mary Gilbreath foi a primeira esposa de Hugo Rothschild.

— *Esposa?* — Victoria estava tão chocada que precisou se segurar na cortina de veludo para não cair, pois não havia cadeira por perto para se sentar. — Hugo já foi casado?

— Ah, sim — confirmou o rapaz, visivelmente se divertindo. — Casamento a bordo, sabe? Não em um de meus navios, é claro, ou eu teria ficado sabendo. Mas ele se casou quando estava a caminho da Índia, depois de dispensar minha irmã. A Srta. Mary Gilbreath era uma herdeira, parecida com... bem, com você... que estava indo a Bombaim visitar parentes. Ela se tornou a primeira Lady Malfrey no trajeto.

Victoria perguntou:

— Mas então... então Lorde Malfrey é viúvo? Como ela morreu? — Ela prendeu a respiração. — Meu Deus, Jacob! Ele não a matou, não é?

— Minha nossa, não — respondeu ele. — Você realmente tem uma imaginação mórbida, Victoria; alguém já disse isso a você? Malfrey é um patife, mas não é um assassino...

— Bem — disse a jovem, sentindo-se um pouco irritada com a provocação, o que não era nenhuma novidade. — O que aconteceu com ela então?

— Nada aconteceu com ela, pelo menos até onde sei — explicou Jacob. — Imagino que Malfrey tenha gastado todo o seu dinheiro, certamente gastaria. Tinha a mãe na Inglaterra para sustentar também, não se esqueça. E então ele a deixou.

— A mãe dele?

— Não, Victoria. Mary Gilbreath.

— Ele a deixou? Deixou a esposa? — Chocada, ela exclamou: — Então ele é bígamo?

— Acho que não é nada tão dramático assim — comentou o capitão, com um sorriso. — Eles se divorciaram.

— Se divorciaram? — Parecia que Victoria tinha levado um golpe. — Lorde Malfrey... é *divorciado*?

— Sim — confirmou Jacob, dando a impressão de se sentir mal por ela. — Eles guardam registros de divórcio no tribunal consistório, Victoria. Por isso fui até lá. Eu tinha certa desconfiança com relação a seu Lorde Malfrey. E devo admitir... tinha escutado boatos.

— Sobre ele ter se divorciado da primeira esposa?

— Imagino que tenha sido o contrário — comentou ele. — Mas, de qualquer modo, era o que os registros diziam. Lorde Malfrey se divorciou da esposa, sem dúvida ganhando uma pequena quantia, que certamente pagou pelo processo, pois divórcios são caros, como você sabe. Mas a família da coitada da menina provavelmente daria qualquer coisa para se livrar do canalha. Sei que eu faria isso se fosse minha irmã.

— Mas... — murmurou Victoria. Ela sabia que divórcios não eram concedidos facilmente pela justiça britânica, por isso eram caros e raros. — Mas... por que ele voltou para a Inglaterra? Ele tinha de saber que alguém iria descobrir...

— Acredito que tenha ficado sem dinheiro — disse Jacob. — Deve ter recebido uma quantia dos Gilbreath, mas a esbanjou. Sei que ele foi a Lisboa comprar um cavalo...

— Um cavalo! — gritou Victoria. — Ele me disse que foi até lá para comprar de volta uns retratos de família!

— Bem, não foi — retrucou Jacob secamente. — De certo modo, é preciso admirar o sujeito. Ele estava ficando sem dinheiro e certamente se preocupava com a possibilidade de seu segredo ser descoberto se voltasse para a Inglaterra. A família da menina deve ter pago muito caro a fim de que a notícia do divórcio não vazasse para a imprensa. É claro que o fato de eles morarem fora deve ter ajudado. Ainda assim, qualquer um poderia ter descoberto, caso se dessem ao trabalho de procurar, como eu fiz. O conde precisava se casar rapidamente, antes que alguém descobrisse a história de Mary, porque após o casamento a noiva não poderia fazer nada, além de se divorciar também. Ele teve realmente muita sorte de conhecer você no *Harmonia*.

— Ah, sim — comentou Victoria, com amargura. — Que sorte a *dele*. — Ela manteve o olhar na ponta dos próprios sapatos. Ainda não conseguia acreditar inteiramente no que tinha ouvido. Divorciado! O Conde de Malfrey! O homem com quem quase se casara!

— Bem, para encurtar a história — continuou Jacob —, procurei o conde agora há pouco para lhe informar que era melhor que ele e a mãe fugissem para o continente se não quisessem que o segredo se tornasse público, o que iria destruí-lo para a temporada de coleta de herdeiras. Afinal, como você sabe, nenhuma mãe em sã consciência permitiria que a filha se casasse com um homem que se divorciou de tal maneira. Ambos pareciam bem dispostos a obedecer. Acredito que irão embora apressados para a Riviera. Provavelmente ele encontrará algumas viúvas ricas por lá, que não vão se importar de casar com um homem mais jovem, mesmo com um passado como o dele.

Ainda olhando para os pés, Victoria sentiu uma lágrima escorrer do canto dos olhos, descendo pelo nariz, então caindo no chão. *Perfeito*. Estava chorando de novo. Por quê? Não havia motivo para chorar. Lorde Malfrey tinha partido, e já ia tarde. Então por quê...

— Ei — disse Jacob, estendendo a mão de repente e levantando o queixo dela, de modo que não havia escolha a não ser o encarar. — O que foi? Por que está chorando? Não me diga... Victoria, não vai dizer que continua apaixonada por esse tratante inescrupuloso!

Ela fungou com tristeza.

— Não — respondeu a jovem.

O capitão pegou o lenço dos dedos dela e secou as bochechas de Victoria.

— Ora, o que foi então, Srta. Abelhuda?

Srta. Abelhuda! Ele a chamara de Srta. Abelhuda! Talvez nem tudo estivesse perdido...

— É só... — disse ela, fungando novamente. — A única razão pela qual concordei em me casar com ele foi porque eu... eu... estava tão irritada com você por... bem, você sabe. Por me chamar de Srta. A-Abelhuda em vez de...

— Elogiar você e sussurrar palavras carinhosas e amorosas em seu ouvido como Malfrey? — concluiu ele por ela. — Mas, Victoria, eu sabia muito bem que você não se apaixonaria por esse tipo de coisa. Não por muito tempo. Veja quanto tempo você e Malfrey duraram. E eu queria você de verdade.

A jovem fungou mais um pouco, apesar de o coração ter começado a ficar agitado de repente.

— Mas... — disse ela. — Mas você foi tão desagradável!

— Você também — lembrou ele.

— Só porque você nunca fazia o que eu pedia. E, exceto por essa questão com Lorde Malfrey, você sabe que eu *estou* certa, Jacob, na maioria das vezes, sobre a maioria das coisas. Tem de admitir: a comida na casa dos Gardiner melhorou, *sim*, desde que assumi o planejamento das refeições. E Becky *está* noiva. E meu tio *está* conversando melhor. Se mais pessoas simplesmente fizessem o que eu digo, a vida delas seria mil vezes mais agradável.

— Sim — afirmou o capitão solenemente. — Tenho certeza de que isso é verdade. E sinta-se à vontade, Victoria, para manejar quantas vidas quiser. Mas não a minha, muito obrigado.

Ela mordeu o lábio.

— Tem certeza? Porque, sabe, acho que com pouquíssimo esforço você poderia melhorar imensamente. Seu colarinho, por exemplo. — O coração dela batia com tanta força contra as costelas que chegava a doer, mas ela realmente achava que *precisava* dizer aquilo. — Por que o deixa tão baixo? Todo mundo o usa uns 5 centímetros acima. Se simplesmente...

— Sim — respondeu ele. — Mas quando vão beijar a mulher com quem pretendem se casar, o colarinho espeta o rosto da dama. É isso que você quer?

Lembrando-se de repente que beijar Lorde Malfrey fora um pouco desconfortável exatamente por aquele motivo, Victoria começou a pensar que Jacob podia estar certo. Ela ficou ainda mais convencida quando esse comentário esclarecedor veio acompanhado de uma demonstração física.

Decididamente a jovem estava bem satisfeita conforme descobria que, ao ser beijada por ele, o colarinho não atrapalhava nem um pouco.

Então, enquanto o rapaz fazia uma investigação mais minuciosa sobre a veracidade daquela teoria, Victoria puxou os lábios dos dele e, com uma voz chocada, falou:

— Jacob! Você disse... você disse quando um homem beija uma mulher com quem pretende se casar. Isso significa que... que pretende se casar *comigo*?

— Com toda certeza — respondeu ele, firmemente. — O que tem a dizer sobre isso, Srta. Abelhuda?

Mas a Srta. Abelhuda não respondeu, porque estava ocupada demais beijando Jacob Carstairs.

Este livro foi composto na tipologia Sabon
LT Std, em corpo 11/16, e impresso em
papel off-white no Sistema Cameron da
Divisão Gráfica da Distribuidora Record.